警視庁幽霊係と人形の呪《のろ》い

天野頌《しょう》子《こ》

祥伝社文庫

もくじ

の仲間たち

桜井文也《さくらいふみや》巡査部長

ハーフだが、大阪人。
写真に写る人の
生死を見分ける。
ひやしあめが大好物。

渡部《わたべ》室長

特殊捜査室のボス。
オカルト好きの
エレガントな英国風紳士。
お気に入りは玉露のお茶。

三谷啓徳《みたにけいとく》

新進気鋭の霊能者。
ドケチで守銭奴。
清水とは高校の
同級生。

及川結花《おいかわゆか》

とある事件がきっかけで柏木に取り憑《つ》いている。
キュートな女子高生幽霊。

警視庁幽霊係

☆特殊捜査室（通称：お宮の間）メンバー

高《たか》島《しま》佳《か》帆《ほ》
警部

物に宿った記憶を読む。
美女だが酒乱でキス魔。
柏木のことをケンタと
呼んでいる。

伊《い》集《じゅう》院《いん》馨《かおる》
警部補

警視庁の最終兵器《リーサル・ウエポン》？
犬と会話することができる。
かわいいものが大好きな
オネエキャラ。

清《し》水《みず》貴《たか》行《ゆき》
警部補

柏木の先輩刑事。
おしゃれでいつも
細身のスーツを着ている。
マイホームパパ。

柏《かし》木《わぎ》雅《まさ》彦《ひこ》警部補

32歳独身。幽霊と話せる能力を持つ。
ストレスのため胃痛持ちで牛乳が手放せない。

本文イラスト／ toi8

第一章　二代目幽霊係登場

一

　世界有数の大都市である東京がようやく目覚めつつある午前六時。

　何十万人もが暮らしているはずの練馬《ねりま》区でも、道ゆく人かげはまばらで、せいぜいジョギングランナーと犬の散歩をしている人くらいだ。

　自分以外は。

　柏木《かしわぎ》雅彦《まさひこ》警部補は、眠気と疲労でしょぼしょぼする目で、秋晴れの空を見あげた。不必要なくらい明るい朝の陽光が目につきささり、慌《あわ》てて下をむく。もう九月も下旬だというのに、この陽射しの強さはあんまりだ。頭がくらくらする。ビルやマンションの壁面も、朝陽をあびてやたらにきらきらと光り、まぶしくて仕方がない。自分の目が弱っているから、そう感じるだけかもしれないが。

だが、今日もなんとか長い夜をのりきることができた。

昨夜、事情聴取をした幽霊は二人である。一人は交通事故の被害者で、一人は殺人事件の被害者だった。交通事故死の幽霊は、身体が変な角度にあちこちねじれている上、骨が皮膚からとびだしている箇所もあり、覚悟して行った現場とはいえ、本当に見るのがつらかった。

殺人事件の被害者の方は、腹部を包丁でめった刺しにされていたので、とにかく顔を見て話すようにした。しかし、犯人である兄嫁との長年にわたる確執《かくしつ》をとうとうと愚痴《ぐち》られた上、刺されてから死にいたるまでの苦痛を克明に描写され、聞いているうちに気が遠くなってきた。

池袋《いけぶくろ》署の刑事課で幽霊を見たり、話したりする能力をうっかり会得してしまい、幽霊専門の事情聴取係として本庁に異動してから、かれこれ五年以上がたつ。この先もこんな生活がずっと続いていくのだろうか。せめて、自分が聞き出した情報が犯人逮捕につながるといいのだが。いかんせん、幽霊の証言だけでは逮捕も立件もできないので、物証が出ることを祈るばかりである。

とにかく寝よう。

これ以上考えても、胃が痛くなるばかりだ。

胃薬がわりに牛乳をぐいっと一杯飲んで、布団をかぶって寝てしまおう。

重い足をひきずるようにして、宿舎に帰りつく。よれよれの背広のポケットから鍵をとりだし、廊下の角をまがると、柏木の部屋の前に若い男がしゃがみこんでいた。上は白いTシャツで、下はカーキ色のワーキングパンツをはいている。年齢は二十代半ばくらいだろうか。整髪剤で軽く立てたつんつん頭に、陽焼けした太い腕。両手で携帯電話を持ち、忙しく指を動かしている。よほど大切なメールでもうっているのか、ひどく真剣な表情だ。くっきりした二重まぶたの目は携帯の画面をにらみつけ、下唇を軽くつきだしている。

だがその顔にはまったく見覚えがない。部屋を間違えているのではないだろうか。

「あの……すみません」

柏木は遠慮がちに声をかけた。

「うちに何かご用ですか？」

「あっ」

男ははじかれたように立ち上がると、携帯電話をポケットにつっこみ、ひとなつこい笑みをうかべる。

「そのよれよれの紺の背広に、地味なレジメンタルのネクタイ、やつれた顔にぼさぼさの髪！　間違いない、特殊捜査室の柏木さん、三十二歳、独身ですね!?」

「あ……はあ……」

大声でまくしたてられ、寝不足の頭にきんきん響く。なんだか失礼なことを言われたような気もするが、眠いのでよくわからない。

「はじめまして！　自分は池袋警察署の生活安全課に勤務している青田《あおた》といいます」

男はさっと身分証を開いて見せる。

「はあ、はじめまして……」

どうやら間違いなく自分を訪ねてきたらしい。何か急ぎの用があるのかもしれないが、なぜ事前の電話連絡もなく、しかもこんな早朝に……。

「柏木さん、お願いっす！　自分を助けてください‼」

青田は両手をぴしっと体側にそろえると、がばりと頭をさげた。

「……は？」

「うちの一家はかれこれ二十年ばかり、赤羽《あかばね》の古い団地に住んでるんですが、先月、隣の棟の一室で火災がありまして、一人暮らしのおばあさんが亡くなられたんです」

柏木の困惑などおかまいなしに、青田は事情を語りはじめる。

「それは気の毒に……」

この話は長くなるのだろうか。こちらは徹夜あけなのだが、どうしても今聞かないといけない話なのかなぁ。たとえ緊急かつ重大な相談事だったとしても、最後まで寝ずに話を聞いていられる自信はないぞ。

「それ以来、白いものがぼーっと見えるようになったんすよ……！」

「どこに？」

　何を言っているのだろう。煙《けむり》だったら消防に相談してくれ。

「亡くなった堀内《ほりうち》さんの部屋の窓です。最初は何だかよくわからなかったんですけど、最近、だんだんはっきり見えるようになってきて……人間の形になってきたんです……」

「えっ、まさか」

「間違いありません。あれ、堀内さんの幽霊っすよ！」

　その瞬間、半分閉じかけていた柏木の目がかっと開いた。

　この若い警察官、もしかして、見える……のか？

「池袋署の先輩たちに聞きました。柏木さんは幽霊の専門家だって！」

「専門家ってわけじゃないけど……」

　池袋署は柏木の古巣ということもあって、霊感体質も知れ渡っているらしい。

「でも見えるし話せるんですよね⁉」

「全部じゃないけどね」

　柏木に見えるのは、事件や事故に関係のある幽霊だけである。基本的に、病気や老衰で亡くなった人の幽霊は見えない。その理由は柏木本人にもよくわからないが、おそらく、柏木の霊感体質自体が、刑事ゆえの職業病だからではないだろうか。新進気鋭の霊能者である三谷啓徳《みたにけいとく》に言わせると、柏木が無意識のうちに自分が見たい幽霊だけを識別しているらしいのだが、本人にはそのようなつもりはまったくない。

といった事情を説明しようとしたが、青田は興奮していて、柏木の話など聞いてくれそうもない。

「堀内さん、雨の日も風の日もいるんですよ。しかも何か叫んでたりして、もう、夜、団地に帰るのが怖くて仕方がないっす。お願いです、何とかしてください‼」

「叫んでるのか……」

柏木は腕組みをした。

別に堀内さんの幽霊について考えこんだわけではない。

どうやら青田には、見るだけでなく、聞く能力もあるようだ。いいぞ、すごくいい！

興奮のあまり踊りだしそうになる自分をぐっとおさえる。

慌てるな。幽霊の正体見たり枯れ尾花、なんて可能性も十分ある。まずは裏をとることが重要だ。

「結花《ゆか》、いるか？」

柏木は誰もいない廊下にむかってよびかけた。

（はーい）

さっきまで誰もいなかった柏木の隣に、濃緑色のセーラー服を着た少女があらわれる。

肩までかかる明るい茶髪に、大きな薄茶色の瞳、つややかな珊瑚色《コーラルピンク》の唇。自称、柏木の守護天使こと及川《おいかわ》結花である。

「ちょっとテストにつきあってもらえるかな？」

（いいよ。面白そう）

結花はいたずらっぽく微笑んだ。

「君、この娘《こ》は見える？」

柏木は結花を指さしてみせた。青田はきょとんとした顔になる。

「え？　はい、見えてますよ。高校生くらいの女の子ですよね？　どこに隠れてたんですか？」

「やっぱり見えてるのか！」

間違いない、青田には幽霊が見えているのだ。

柏木は胸のうちで、ひゃっほー！と、快哉《かいさい》を叫んだ。

ついに幽霊係の後継者となるべき刑事が出現したのである。この若者をなんとか特殊捜査室にひきこめば、かわりに自分が脱出できるかもしれない。

はてしなく長い五年と数ヶ月間だった。

夜な夜な続く幽霊たちへの事情聴取。過労とストレスでしくしく痛む胃。三谷啓徳への借りはたまる一方だし、オカルト嫌いの管理官からは迫害されるし、思えばつらく苦しいことばかりだった。

だが、それもこれも、すべておしまいである。

やっと普通の刑事に戻れるのだ。

さらば、幽霊係……！

「この女の子がどうかしたんですか？」

柏木の陰謀にまったく気づくことなく、青田が首をかしげていると、結花はおもむろに五十センチほど床から浮かんでみせた。

「ええっ⁉ どうやって浮いてるんですか⁉ ワイヤーでつってるわけじゃないっすよね⁉」

「違うよ」

「あっ、よく見ると、この娘、影がないですか⁉ それに、何となく色が薄いっていうか……まさか、幽霊なんすか⁉ こんなにきれいな脚があるのに⁉ 死んじゃってるんですか⁉」

（そうでーす）

結花は宙に浮いたまま、青田のまわりをくるりと一周してみせた。

「うわわわっ」

青田は顔をひきつらせ、一歩後ずさったかと思うと、突然、さっきポケットにしまった携帯電話をとりだした。

「お……怨霊《おんりよう》退散！」

青田は目をぎゅっとつぶり、携帯を結花にむかってつきだす。なぜ携帯なんだ、と、思ったら、ストラップと一緒にお守りがぶらさがっている。

（怨霊〜ぉ⁉　失礼ねー！）

結花は鼻白《はなじろ》んだ顔で、唇をとがらせた。柏木が知る限り、怨霊よばわりされたのは初めてのことだろう。自他共に認める美少女なだけに、かなり傷ついたに違いない。

（第一、これ、交通安全じゃない）

お守りを指でつつく。といっても、指先がお守りをすりぬけてしまうのだが。もしかしたら、わざと見せつけているのかもしれない。

「あああああっ、そうだった、どうしよう⁉」

青田はすっかりパニック状態である。

「怖がらなくても大丈夫。この娘は悪い怨霊とかじゃないから。むしろすごく頼りになるいい娘だよ。な、結花」

（え、そうかな？）

「そうだよ。結花は優しいし、親切だし、面倒見がいい」

柏木が急いでとりなすと、結花はちょっと照れたような顔になった。実際、結花は生前、弁護士志望だっただけあって、しばしば新米幽霊などの相談にのってやっているらしいのだ。

（柏木さんの守護天使の及川結花です。よろしく）

きれいな顔に明るい笑みをうかべて名乗る。

「よ、よろしくお願いします」

青田はどぎまぎした様子で、短く刈り込んだ頭をかいた。

「あれ？　及川結花さんって、どこかで聞いたことがあるような……？」

「東池袋でおこった女子高生殺人事件の被害者だよ。五年、いや、六年近く前の事件だから、青田君は知らないかな？」

柏木は当時、池袋署に設置された捜査本部の一員だった。殺人現場の公園に遺留品の捜索に行き、幽霊の結花と出会ったのである。

「知ってますよ、被害者がアイドル並の美少女だったって有名ですから。ああ、なるほど、あの有名な被害者さんですか！」

（それほどでも）

結花は一応謙遜《けんそん》してみせたが、まんざらでもなさそうである。

「青田君は昔から霊感体質なの？」

「うーん、これまでも、古い病院とかで、何となく嫌な感じがしたことはあったんですすけどど、ちゃんと見えたのは堀内さんが初めてでした。やっぱり毎日通る場所だからかなぁ……」


「ふむ」

「でも一番はっきりくっきり見えるのは、及川さんです。目の前にいるからかな？　でも幽霊の守護天使がいるなんて、さすがは幽霊係の柏木さんっすね……」

　青田は不思議そうな顔で結花の半透明の姿に見入っている。

「たまたまだよ」

　幽霊係の刑事とよばれるのは明日からは君だよ、青田君、と、柏木は心の中でほくそえんだ。こんなに心がうきうきするなんて、何年ぶりのことだろう。

　早速今日にでも渡部《わたべ》室長に連絡して、異動願いを出すとしよう。

　いや、突然の交替はさすがに無理か。見えればいいというものではない。スムーズなひきつぎのためにも、まずは青田に幽霊係としての心得を伝授する必要がある。

「あのー、それで、堀内さんの件なんですけど……」

「ああ、火災で亡くなったおばあさんの幽霊だっけ？」

「そうです。堀内芽衣子《めいこ》さんです。柏木さんは警視庁でたった一人の幽霊係だし、お忙しいのはわかってるんですが、何とかお願いできませんか？　本当に怖いんですよ」

　仕事でもないのに火災で死亡した人の幽霊に会うのなんか絶対に嫌だ。いつもなら速攻で断るところだが、他ならぬ二代目幽霊係の頼みとあらば、行くしかあるまい。

「うーん、おれには霊を成仏させる力はないから、何ができるかはわからないけど、とにかく、今度一緒に現場に行ってみようか」

「本当ですか⁉ やりー！ ありがとうございます！」

何も気づいてない青田は何度も頭をさげ、柏木と携帯電話の番号を交換すると、嬉しそうに去って行った。

（柏木さん、もしかして、あの人を育てようとか思ってる？）

「ああ、鍛《きた》えてみようと思う。いや、みせるよ！ 彼なら身体も胃も丈夫そうだし、連夜の事情聴取も軽くこなせそうだろう？ まさに適材だよ」

（そううまくいくかな？）

「いかせるさ！ 結花も協力頼んだぞ」

（はいはーい）

へたくそな敬礼をすると、セーラー服の幽霊は廊下の中にとけて消えた。

今日はいい日になりそうだなぁ。

午前七時。柏木はいつになく上機嫌で布団にもぐりこんだのである。

二

警視庁の巨大なビルの片隅に、「お宮の間」という、うさんくさい通り名でよばれる小部屋がある。正式名称は特殊捜査室。その名の通り、特殊な捜査能力をもつ四人の刑事たちと、彼らをたばねる室長の、わずか五人で構成される部署である。

まっとうな良識がある刑事たちは、霊感だの、透視だのといった得体のしれない能力に頼ることを嫌がる。だがそれでも、いくら捜査をしつくしても解決への手がかりがつかめず、事件の迷宮入りが濃厚となってしまった時、断腸の思いで、特殊捜査室のドアをたたかねばならないことがあるのだ。それゆえこの部屋には「お宮の間」というありがたくない別名がつけられたのだと言われている。

ドアを開けると、正面手前に四人分のスチールデスクが向かい合わせでくっつけられており、左右の壁際には書類を入れるキャビネットやホワイトボードなどが並んでいる。奥の窓際には室長の重厚な木製デスク。隅には小型冷蔵庫があり、ぱっと見には、小さな会計事務所か学校の事務室といった風情《ふぜい》である。

柏木はこの小部屋に毎週月曜日に顔を出し、一週間分の捜査報告をまとめておこなうのが習慣になっている。他の日は、直接事件現場に行き、幽霊がいれば事情聴取をする。終われば次の現場に行き、たいてい三箇所ほどまわったところで朝になるので、宿舎へ帰るというパターンが多い。

九月最後の月曜日は、まだ蒸《む》し暑さの残る晴天だった。遠くのほうに、季節はずれの積乱雲が浮かんでいる。

柏木は、いつものように先週分の報告をしたあと、室長の渡部におずおずときりだした。

「あの、できれば、私の今夜の予定をキャンセルしていただきたいのですが。今夜が無理だったら、明日か明後日でもいいんですけど。急なお願いで申し訳ありません」

柏木を含め、特殊捜査室の刑事たちのスケジュールは渡部が調整しているのである。

「おや、柏木君がそんなことを言いだすなんて珍しいですね。デートですか？」

渡部はからかうような口調で尋《たず》ねた。年齢は四十代の半ばをすぎたくらい。英国製とおぼしき高そうなダブルのスーツを身にまとい、宇治《うじ》の玉露《ぎょくろ》と新聞と怪談話をこよなく愛する紳士である。

「デートの相手なんていないって知ってますよね……」

「それは失敬」

渡部はふふっといたずらっぽい笑みをうかべた。

「カッシー先輩には結花ちゃんがいるやないですか」

口をはさんだのは、後輩の桜井文也《さくらいふみや》巡査部長である。桜井は、写真にうつっている人の現在の状態を読み取るという能力の持ち主で、日々、家出人や行方不明者の写真の透視におわれている。

ベルギー人を母にもつ桜井は、色白で、彫《ほ》りの深い顔立ちをしているのだが、生まれは大阪の枚方《ひらかた》市なので、中身はひやしあめと阪神《はんしん》タイガースが大好きな関西人である。性格は明朗快活《めいろうかいかつ》で、他の刑事たちに勝手にニックネームをつけるという変な趣味をもつ。どうやら昔の刑事ドラマに憧《あこが》れての行為らしいのだが、室長がボス、柏木がカッシーと、ひねりのない安直な命名が多い。

「及川結花さんはかなりの美少女だそうね。よかったじゃない」

柏木にひやかしの言葉をかけながら小部屋に入ってきたのは、先輩の高島佳帆《たかしまかほ》警部である。高島は特殊捜査室の紅一点で、物の記憶を読むという特殊能力の持ち主だ。この能力には、事件現場の遺留品から犯人を割りだしたいケースから、盗品の持ち主探しまで、幅広い需要がある。

高島はまさにクールビューティーという言葉がぴったりな硬質の美貌《びぼう》の主でもあり、おいそれと近寄りがたい空気をまとう。服はモノトーンを好み、今日も白いシャツブラウスに、黒いスーツとパンプス、そして黒いバッグでまとめている。爪のネイルはいつも淡い銀色《パールシルバー》だ。

「あれ、高島さん、月曜日に来るなんて珍しいですね」

柏木が毎週月曜日を報告日と決めているように、高島は火曜日である。この場にいない伊集院馨《いじゆういんかおる》警部補は金曜日なので、三人が顔を合わせることは滅多にない。決して仲が悪いわけではないのだが、それぞれの捜査のリズムにあう曜日が違うのだ。

「今日はたまたま、近くのビルで、呪いの壺《つぼ》を見てくれっていう依頼があったの。行ってみたら全然呪われてなんかない、ただの盗品だったわ。それにしても昼間はまだ暑いわね」

高島は長い栗色の前髪をかきあげた。

「姐《あね》さん、ひやしあめ冷えてますよ」

桜井は大好きなひやしあめの宣伝活動に余念がない。

「アールグレイをアイスでお願い」

「はい……」

高島の答えはわかっていたはずなのに、桜井は飴《あめ》色の瞳に悲しみをたたえながら席を立つ。

「で、結花さんとのデートはどこに行くの？」

「いや、結花は妹みたいなもので、そういう関係じゃありませんから」

柏木は困り顔で否定した。そもそも、結花は柏木に取り憑《つ》いていて、いつも一緒にいるのに、デートに出かける必要がどこにあるというのだ。

「えっ、まさかカッシー先輩、他の幽霊と浮気ですか？」

「だからデートじゃないって。二代目幽霊係の研修だよ」

湯のみを口もとにはこんでいた渡部の手がとまる。

「どういうことですか？」

「実は先週、池袋署の青田という若い刑事に、団地に出る幽霊を何とかしてほしいって頼まれたんですよ。彼が言うには……」

柏木が青田の話をすると、全員、興味深そうに身をのり出してきた。

「というわけで、青田君の研修を兼ねて、団地へ行ってみたいんです」

「へぇー、霊感体質の刑事が、カッシー先輩以外にもいたんですか。僕も一度会ってみたいなぁ」

桜井は好奇心で目をきらきらさせている。

「二代目っていうことは、ケンタは幽霊係を卒業するつもりなのかしら？」

高島の指摘に、柏木はどきりとした。自分の思惑は早速ばれているようだ。いや、隠すつもりもないのだが。

ちなみにケンタというのは、高島が昔飼っていた柴犬の名前である。なんでも柏木と顔が似ていたらしい。

「これを機会に、普通の刑事に戻れたらいいなと思ってます」

柏木は勇気をふりしぼって宣言した。憧れの捜査一課に行ければ最高なのだが、この際、お宮の間から脱出できるのなら、どこの刑事課でもかまわない。

「あなた、まだそんな夢を捨ててなかったの?」

高島はくっきりと角をとった細い眉を片方つりあげた。

「だって……もう、胃はぼろぼろだし、体力も限界だし、これ以上幽霊係を続けるのは無理ですよ。その点、青田君は、若くて健康で体力もガッツもありそうでしたから、おれよりはるかに役に立つこと間違いなしです」

柏木は珍しく、精一杯力説してみた。

そもそも昼夜逆転かつストレスに満ちた勤務に、五年間も耐《た》えてきたのだ。異動の希望を出すのは、決してわがままではないはずである。

「若いということは、それだけ刑事としての経験も浅いってことでしょ? 即戦力として使えるのかしら」

「うっ」

さすがは高島、鋭いところをついてくる。そうなのだ。刑事には体力とやる気も大事だが、何より経験が不可欠なのである。

「だからこそ研修するんじゃないですか。いろいろ幽霊相手のノウハウを伝授しておきますよ。それに、桜井だってまだ二十四です。青田君は若いといっても、二十五、六はいってそうでした。特殊捜査室に来るのに何の問題もないはずです」

ついでに言えば、柏木の霊感体質がばれて、池袋署から特殊捜査室に異動になったのも、二十七の時である。

「写真相手と幽霊相手じゃ、デリケートさが全然違うわよ。写真は嘘をつかないし、勘違いもしないもの。幽霊係の大変さが一番身にしみてるのはケンタでしょ？」

「うう……」

きれいな顔に意地悪な笑みをうかべながら、銀色の爪でつんつん頬《ほお》をつつかれて、柏木はぐうのねもでない。

「まあまあ、高島君」

助け船を出してくれたのは、それまで黙って部下たちのやりとりを聞いていた渡部だった。

「柏木君もそのへんのことは十分わかった上で、青田君を研修したいと言っているんですから、ここはあたたかく見守ってあげましょう」

「室長がそう仰《おつしや》るのでしたら」

「それに、柏木君はこれまでも何度も異動願いや辞表を出してますし、何とかしてあげたいとは僕も思っていたんですよ。なるべく皆さんも協力してあげてください」

「室長、ありがとうございます！」

「まずはその団地での研修ですね。わかりました、柏木君の今夜の予定を調整してみましょう」

渡部のおだやかな笑顔に後光が射《さ》して見え、柏木は思わず両手をあわせて拝《おが》みそうになった。

三

東京の北の端に位置する交通の要衝《ようしょう》、赤羽。

池袋、新宿《しんじゅく》、上野《うえの》にそれぞれ電車で二十分かからぬ便の良さから、にぎやかな商業住宅地として発展してきた町である。

柏木が約束の夜九時に赤羽駅の西口改札に行くと、青田はもう到着していた。

「柏木さん、こっちです」

大きく手をぶんぶんふりながら、人混みをかきわけてくる。夜になって気温がさがり、肌寒いくらいなのに、今日も半袖《はんそで》のTシャツを着ている。下は膝《ひざ》に穴のあいたジーンズだ。おしゃれなのか貧乏なのかよくわからない。

「今日はもう幽霊係の勤務は終わられたんですか?」

「あ、ええっと、うん」

柏木はぼさぼさの頭をかいた。

渡部室長が捜査一課や所轄署にかけあい、何とか予定をずらしてくれたのである。だがそんなことを言うと、夜な夜なこき使われていることが青田にばれてしまう。幽霊係について悪印象をもたれることはなるべく避けたい。

「今日はたまたま予定があいてたんだ」

「へえ、そうなんですか。助かります。お腹はすいてないですか？　近くに安くてうまい焼き肉屋がありますよ」

「えっ、焼き肉⁉」

柏木は想像しただけで胃液が逆流しそうになった。

決して肉が嫌いなわけではない。若い頃はむしろ大好物だった。だが、すっかり胃が弱ってしまった今では、消化に悪い食べ物は身体が受けつけてくれないのだ。

「あ、嫌いですか？　ラーメン屋とか、イタリアンもありますけど」

「ええと、いや、腹は減ってないから大丈夫だよ。飲みものだけ買っておこうかな」

柏木が構内の売店でブリックパックの牛乳を買うのを見て、青田は不思議そうな顔をした。

「牛乳ですか？」

「うん、その、牛乳は身体にいいからね」

なぜ胃が悪くなったのかを尋ねられると都合が悪いので、適当にごまかしてみる。

「へえ、健康に気をつかってるんですね」

「まあ、その、三十すぎるとみんな健康に気をつかうようになるんだよ」

「そうなんですか？」

「そうそう。じゃあ行こうか」

嘘はついてないぞ、嘘は。

柏木はそくさと歩きはじめた。好印象、好印象と、心の中で呪文のように繰り返す。

飲食店が並ぶ高架ぞいの通りから左におれ、狭《せま》い坂道をあがっていくと、突然、目の前に広大な団地がひろがった。西赤羽団地である。

上弦《じょうげん》の月が輝く明るい夜空の下、何十もの似たような横長の住棟が整然と並ぶ姿は圧《あっ》巻《かん》だった。黄色みをおびた街灯《がいとう》に照らされた壁は、やわらかなクリームベージュやモカベージュで塗られている。入り口付近の建物はほとんどが五階建てで、駅周辺の新築マンションにくらべるとかなり低い。建物と建物の間隔《かんかく》も広く、けっこう贅沢《ぜいたく》に土地を使っているのではないだろうか。

まだ九時すぎということもあって、家路を急ぐ住人たちの姿がちらほら見える。

静かな虫の鳴き声にまじって時おりはこぼれてくる人の話し声や洗濯機の音。線路から五分とはなれていない場所なのに、電車の音は意外に小さい。

団地入り口に一番近い建物の側面を見上げると、大きく「56」と黒文字で記されていた。少なくとも五十六の住棟があるということか。

入り口正面の案内板を見ると、公園がいくつもある上、小学校も二つあり、郵便局、消防署、商店街、さらには神社まである。この団地だけでひとつの町を形成しているらしい。

「やたらに広いし、緑も多いし、閑静《かんせい》な団地だなぁ」

柏木が感心しながら見回すと、青田は顔の前で右手をぱたぱたふった。

「静かなのは夜だけですよ。昼間は学校の子供たちがうるさいし、奥の方では建て替え工事をしてますからね」

この団地は造成されてから既《すで》に四十年以上がたっているため、順次建て替えがおこなわれているのだという。

「というわけで、ここの二階なんですけど」

「いきなりだな」

青田が指さしたのは、ちょうど柏木が見上げていた五十六号棟だった。黄土色がかったベージュで塗られた五階建ての建物で、煉瓦《れんが》でつくられた縦線でアクセントがつけられている。同じ形の窓が規則的に並んでいるが、あかりがついているのは三割くらいだ。ベランダを植物でうめつくしている部屋もあれば、洗濯物をほしっぱなしにしている部屋もある。

「この団地の建物は全部同じ構造なの？」

「いえ、スターハウスっていわれているY字型の棟や、フロアによって廊下があったりなかったりする棟もあって、設計した人たちがいろんなデザインを試したみたいです。週末になると団地マニアが写真をとりにきたりしますよ」

「へえ、団地マニアっていうのがいるんだ」

何気なく話しながら、一番奥の階段入り口前まで二人は歩いていった。道路をはさんだ逆側にはこんもりとした植えこみが並んでいる。植えこみの先はフェンスをはさんで保育園と駐車場になっており、この時間帯は誰もいない。二人の足音がやたらに響いて聞こえる。青田の顔がひどく蒼《あお》ざめて見えるのは、月あかりのせいだけではないだろう。

青田はちょっとうつむきかげんで歩いていたが、意を決したように柏木の方をむくと、右手でななめ上を指さした。

「あそこっす。二階の左から二番目が、堀内さんの部屋っす。窓のまわりに黒い煤《すす》がついてるのが見えると思うんですが」

「ああ……」

夜目でしかも遠目なのではっきりとはわからないが、そう言われれば、窓枠の周辺が黒ずんでいるようにも見える。

「火事があったのは八月二十日木曜日の午前八時半ごろです。団地の中にある消防署から消防車がかけつけてきて、あっというまに鎮火《ちんか》したんですが、堀内さんは煙を大量に吸い込んで亡くなられたそうです」

「出火の原因はわかっているのかな？」

「消防と合同でやった現場検証の結果、揚《あ》げ物中の失火と断定されています」

「ふむ」

　朝八時半といえばちょっと遅めの朝食の支度をする時間だし、事件性はなさそうである。それにしても朝っぱらから揚げ物だなんて、考えただけでも胸やけがしそうだが、よほど揚げ物が好きな人だったのか、それとも弁当でも作っていたのだろうか。

「というわけで、柏木さん」

「うん」

「見えますよね⁉　いますよね⁉　自分の気のせいじゃないっすよね⁉」

　青田は右手で二階の窓を指さしたまま、左手で柏木の背広の襟《えり》をつかみ、ゆさぶった。興奮しているせいか、小鼻がひろがっている。

「ちょ、ちょっと静かにしてくれないか。集中できないよ」

「あ、すんません」

　青田は襟から手をはなすと、ぺこりと頭をさげた。

柏木は息を吐くと、真っ暗な窓をじっと見つめた。窓ガラスが白っぽく光っている部分があるが、街灯や他の部屋のあかりがガラスにうつりこんでいるようでもある。はたしてどちらだろう。

目が慣れてくると、だんだんと輪郭《りんかく》がはっきりしてきた。人に間違いないようだ。そして、何やら叫んでいる声が、とぎれとぎれに聞こえてくる。女性の声だ。

「どうですか⁉」

青田は我慢の限界といった様子である。どうもせっかちな性質《たち》らしい。

「たしかに、誰かいるね」

「堀内さんの幽霊ですか⁉」

「そこまではわからないな。ここからじゃ顔も服装も見えないし。あの部屋ゆかりの幽霊である可能性は高いけど……」

「そうでしょう⁉　そうですよね！」

柏木の話をちゃんと聞いているのか、いないのか。青田は両手を握りしめ、よっしゃー、と、ガッツポーズをとった。

「幽霊がいたほうがいいの？」

「えっ、いやっ、そんなわけないっすよ。ただ、自分が間違ってなかったってことがわかったんで、つい。あー、でも、もちろん成仏してほしいです。ぶっちゃけ、怖いし、気味が悪いっすからね」

「とりたてて被害はないんだろう？」

「ありますよ！　ここにいるのが見えるだけでも怖いのに、叫んでたりするんですよ！　しかも毎朝、毎晩。自分みたいな普通の人間にはとんでもない精神的苦痛ですよ。傷害罪で逮捕してやりたいくらいです。柏木さんみたいに幽霊慣れしている人には、どうってことないかもしれませんけど」

幽霊慣れしていて悪かったな、と、柏木は苦笑いする。

「ああ、そういえばそんなことを言ってたね。それなら、この棟の前を通らないようにすればいいんじゃないのかな？」

「自分が住んでいるのはこの隣の棟なんで、ここを通らないと帰れないんですよ。しかも、うちの窓からうっかり見えちゃうこともあるんです！」

青田はすぐそばの建物を指さした。隣といっても、道路のつきあたりに直角に配置されているため、入り口や窓はこちらをむいている。たしかに、幽霊が見えてしまうこともありそうだ。

「それに、やっぱり、火事で亡くなった人の幽霊が団地の中にいるってだけで怖いじゃないっすか‼」

「団地の外だったら幽霊がいてもいいってこと？」

「そりゃそうですよ。このあたりだと岩淵《いわぶち》の水門が有名な心霊スポットなんですけど、別に気にならないっす」

「有名なの？」

「はい。ほら、荒川《あらかわ》でおぼれ死んだ人や、川に遺棄《いき》された死体が水門にひっかかるじゃないですか。そんなこんなで、出るらしいですよ」

「溺死体《できしたい》に水死体か……」

柏木は顔をひきつらせた。なるほどそれはいかにも出そうな場所である。うっかり近よらないように気をつけなくては。

「でもやっぱり、自分が住んでる団地の、しかも徒歩三分以内のところにいる幽霊は気になるっすよ！　お願いです、何とかしてください！」

何とかしろと言われても困るのだが、青田の気持ちはわからないでもない。

「うーん、じゃあ、まず、二階に行って、あの人影が堀内さんかどうかを確認するのが先決だね。もしかしたら、ずっと前に亡くなった人かもしれないし。あ、でも、鍵がかかっていて入れないかな？」

「それなら大丈夫です」

青田はジーンズのポケットから鍵をとりだした。

「こんなこともあろうかと、管理人さんから借りておきました。捜査に必要だって言ったら、あっさり貸してくれましたよ」

「捜査って……」

捜査じゃないだろう、と、つっこみたくなったが、柏木は思いとどまった。考えようによっては、青田は気がきいて、段取りのいい若者といえなくもない。これは刑事にとって重要な素養ではないか。さすがは幽霊係後継者である。

それに、とにかくこれで、幽霊が堀内さんかどうかを確認できる。火災関係の幽霊はものすごく苦手なのだが、幽霊と話をしないことには研修にならない。青田を一人前の幽霊係に育てるため、ひいては自分が普通の刑事に戻るためだ。

柏木はぎゅっと右手を握りしめ、気合いをいれた。

四

柏木は青田について狭い階段をのぼっていった。この団地では、ほとんどの棟にエレベーターが設置されていないため、四階だろうと五階だろうと歩いてのぼるしかない。さすがに今どきエレベーター無しはきついので、上の階ほど空室が多いのだそうだ。

壁ぞいにむき出しのパイプがはしっているのは、おしゃれではなく、老朽化対策として追加工事したものだろう。近くで見ると、壁やドアもかなり汚れている。最後に塗装《とそう》をし直してから、十年はたっていそうである。

二〇二号室の前で、二人は立ち止まった。

最近のマンションにくらべると、ひとまわりドアが小さく、天井もかなり低い。身長が一七六の柏木でも、ついつい猫背になってしまう。これが長身でそこつ者の桜井だったら、頭をぶつけまくるに違いない。

「堀内さんの写真はあるかな？」

「コーラス同好会の会長さんに借りてきました。この真ん中の人です」

写真の日付は昨年の十二月だ。中高年の女性たちがずらりと並び、皆似たような白いブラウスに、おそろいの黒いロングスカートをはいている。時期的にクリスマスソングか第九の発表会でもしたのだろう。

堀内芽衣子は、わりとがっちりめの体型で、頬骨《ほおぼね》が高く、目鼻立ちのくっきりした派手な顔立ちの女性だった。白髪まじりのショートカットで、はれやかな笑顔をうかべている。

「ありがとう」

柏木はうなずくと、写真を青田に返した。

「じゃ、入ってみようか」

「はい」

青田がドアをあけると、紙、プラスチック、木材など、さまざまな物が焼け焦《こ》げた臭《にお》いがいっきに押しよせてきた。柏木はハンカチで鼻をおさえ、そっと中の様子をうかがうが、暗くてよくわからない。叫び声はだいぶ聞き取りやすくなった。（どこに）とか（出ていらっしゃい）などと言っているようだ。

青田が玄関の内側に手をのばし、スイッチを押してみたが、電灯はつかない。電気やガスは止められたのだろう。

階段につけられた蛍光灯《けいこうとう》のおかげで、玄関付近だけは視認できる。たたきには女性用の靴がいくつも出しっぱなしになっていた。故人が生前使っていたものだろう。消火活動で踏まれたのか、かなり乱雑にちらばっている。玄関マットにいたっては、たたきから二メートルは離れた場所に、裏返しでころがっていた。だが、靴にも、下駄箱《げたばこ》にも、放水の跡はあっても、焼け焦げはないようだ。玄関までは火がまわらなかったらしい。

「火元は台所だよね？」

「はい、この玄関左手のドアをあけると台所です。正式にはダイニングキッチンだったかな？　まあどっちでもいいっすよね。で、左の壁ぞい手前の方がシンクになっていて、一番奥のベランダよりのところにガスコンロがあります。なので奥の方がひどく燃えているんですが、これじゃ見えないですね。うちから懐中電灯をとってきます」

「えーと、いや、それはあとでいいよ」

早速走りだそうとする青田を、柏木は止めた。

「別に現場検証にきたわけじゃないからね。だいたいの間取りを教えてくれるかな?」

「ここは2DKタイプで、この玄関正面の引き戸が四畳半で、もう一つ、台所の隣りに、ベランダに面した六畳間があります。あと、右手の戸が風呂とトイレです」

「外から白い人影が見えたのはどの部屋になるのかな?」

「えーと、ベランダじゃない方の窓だから、四畳半ですかね?」

「行ってみるか……」

つぶやくと、意を決して、玄関に足を踏み入れた。靴を踏まないように爪先立ちで歩きながら、そろそろと進む。

音をたてないようにそっと引き戸をあけ、中をのぞく。玄関の外から入ってくるうすぼんやりとしたあかりによると、どうやら和室で、ほとんど燃えていないようだ。

目をこらすと、真ん中に、白っぽいものが立っていた。さっき外から見えた人影だ。

(こっちよ! 早く出ていらっしゃい!)

右をむいたり、左をむいたりしながら叫んでいる。何か探しているのだろうか。

柏木は玄関でドアをおさえている青田を振り返った。

「青田君、ドアを閉めて、君もこっちに来て」

「え? 真っ暗になりますよ?」

「かまわないから」

「そうですか？」

青田がドアを閉めると、室内はいっきに暗闇につつまれた。窓ガラスごしにさしこむ青白い月あかりだけでは、ほとんど何も見えない。

「うわっ！」

手探りで柏木の後ろまでたどりついた青田が声をあげた。青田の大声に、柏木の方がどきっとする。

「柏木さん、逃げましょう！」

この部屋に幽霊がいるのはわかっていたくせに、近くまでくると急に怖くなったらしい。柏木の背広のすそをぎゅっと握っている。

「この人が堀内さんかどうか確認しないと」

「あ、そ、そうでした」

青田はきりりとした眉をぎゅっとよせ、小鼻をひくひくさせながら、柏木の肩ごしにおそるおそる幽霊を見た。

「結花以外の幽霊を間近で見るのは初めて？」

「もちろんっす」

青田の声は緊張でうわずっている。無理もないか。柏木自身も初めて池袋で他殺体の幽霊に話しかけられた時、気絶した過去がある。今この瞬間だって、できれば逃げだしてしまいたい。溺死や交通事故死の幽霊も怖いが、焼死の幽霊が一番苦手だ。この人は生きたまま火に巻かれたのだろうか、とか、どんなにつらかっただろう、などと、想像するだけで苦しくなる。

「慣れればそんなに怖くないよ。ほとんどの幽霊は無害だからね」

青田の前なので、柏木は、精一杯平気なふりを装《よそお》った。

「そ、そうっすか？　柏木さんがそう言うのなら……」

語尾が小さく震《ふる》えている。

「幽霊を怒らせたり、ショックを与えたりしなければ大丈夫だから。特に、自分が死んだということを自覚していない幽霊には、慎重にね」

「はいっ」

神妙な面持《おもも》ちでうなずく。

目が慣れてくると、ぼんやりとしていた人影の、細かい部分も見えてきた。身長一六〇センチ前後の、がっちりした体型の女性である。髪はショートカットで、頬骨が高く、くっきりした目鼻立ちの顔だ。半袖のブラウスに夏物のコットンパンツ。写真とは違う服だが、堀内芽衣子に間違いなさそうである。

多少服が煤《すす》けているようだが、大きな火傷《やけど》は見あたらない。柏木はほっと安堵《あんど》した。

「堀内さんに間違いないみたいだけど、念のため、本人に確認してみるよ」

青田に言うと、柏木は幽霊に近づいた。

「堀内さん……。堀内芽衣子さんではありませんか？」

（どこにいるの……出ておいで、チャッピー……！）

あいかわらず幽霊は叫び続けている。コーラス同好会に入っていただけあって、かなりの声量である。柏木の声は聞こえていないようだ。

「チャッピーって何だろう？　ペットかな？」

「犬と猫は禁止ですけど、鳥やハムスターを飼ってる人は多いですね」

（ペットなんかじゃありません！　チャッピーはあたしの大事な子供です！）

幽霊は憤然として反論してきた。いきなりの反応に柏木はびっくりしたが、とにかくこちらの声は届いたようだ。

「申し訳ありません」

相手を落ち着かせるために、丁重に謝る。

「私は警視庁の柏木です。チャッピーちゃんの特徴を教えていただければ、探すのをお手伝いしますが」

（本当に⁉）

「はい」

（ええと、チャッピーは、毛は明るい茶色、目がくりっとしていて、赤い首輪をつけたかわいいヨークシャー・テリアの男の子です）

「ヨークシャー・テリア？」

柏木は首をかしげた。

ヨークシャー・テリアといえば、チワワと並ぶ人気の小型犬だ。体毛がやたらに長く、頭にリボンをつけているイメージがある。

しかし。

「犬を飼っているんですか？」

柏木が確認すると、幽霊は、フン、と鼻をならした。

（禁止だってことは知ってますよ。臭いがつくとか、建物が傷《いた》むとか言うんでしょ？　でも、どうせこの棟も遠からず建て替えになるんだから、いいじゃありませんか。もう入居者の新規募集だってしてないんだし）

「そうなのか？」

「ああ、まあ、そう言われればそうっすね。もうこの先は空き室が出ても、人は入れないって聞きました」

（でしょう？）

ほらごらんと言わんばかりの幽霊の態度に、青田は困り顔で、頭をかいている。団地の事情は柏木にはよくわからないが、近所の人とトラブルになったりはしなかったのだろうか。堀内芽衣子が亡くなった今になって心配しても、どうなるものでもないが。

「それで、チャッピーちゃんの体長はどのくらいですか？」

（これくらいかしら）

幽霊は胸の前で両手を軽く広げた。肩幅くらいの体長らしい。こんなに暗くては手帳にメモなどとれないので、ポケットから携帯電話をとりだす。

「ヨークシャー・テリアって、毛が長いんでしたよね？」

（もちろんふさふさの長毛よ）

幽霊は自慢げに言った。

「それで、チャッピーちゃんは、いついなくなったんですか？　詳《くわ》しく教えてください」

（何日か前の朝、パンと牛乳を買って帰ってきたら、台所が燃えていたんですよ。びっくりして、腰がぬけそうになりました。でも、とにかくチャッピーを助けなきゃって思って、中にとびこんだんです。ところが、いくら部屋や押し入れを一所懸命探しても見つからなくて……）

「買い物から戻ったら燃えていた、ということは、鍋《なべ》を火にかけたまま出かけたんですか？」

揚げ物中に電話がかかってきたとか、宅配便が届いたなどで、目をはなしたすきに火災が発生した、というのが、いわゆる「天ぷら油火災」の定番なのだが、出かけたというのはあんまりである。

柏木が驚いて尋ねると、幽霊は思いっきり呆《あき》れ顔になった。

(刑事さん、何を言ってるの？　鍋を火にかけたまま外へ出かける馬鹿なんか、いるわけないでしょう)

「では、揚げ物をした後、うっかり火を消し忘れたということですか？」

(揚げ物？　あたし、朝はいつもパンと牛乳だけですから、揚げ物も何も、料理なんかしませんよ)

「お弁当用に鳥の唐揚げでも作っておられたとか？」

(お花見の季節でもないのに、弁当なんか作るわけないでしょう)

「つまり、鍋を火にかけていないということですか？」

(だからそう言ってるじゃありませんか)

柏木と青田は顔を見あわせた。これは一体どういうことだろう。

「ええと、じゃあ、どうして台所が火事になったんですか？」

(それがあたしもよくわからなくて。漏電《ろうでん》とか、そういうんじゃないかしら？)

「漏電……ですか？」

現場検証で漏電と天ぷら油火災を間違えるとは思えないが、幽霊の勘違いだろうか。詳

しい報告書を取りよせて、読んでくるんだった。心の中で舌打ちするがもう遅い。まあ、火災の原因が料理だろうと漏電だろうと、事件性がないことにかわりはないし、刑事の出番はなさそうである。

「柏木さん……」

名前をよばれてふりむくと、青田が目をきらきらさせていた。

「もしかして、自分は今、幽霊本人しか知りえないすごい事実を聞いてしまったんですよね⁉　出火原因は揚げ物じゃなかったんですよ！」

頰《ほお》を紅潮《こうちょう》させ、鼻息も荒く青田は語る。

「え、ああ、まあ、そうだけど……」

失火は刑事には関係ないから、という言葉が喉元《のどもと》まで出かかるが、あまりにも青田が嬉しそうなので、ぐっとのみこむ。

「すごい、すごいですよ！」

青田は興奮を隠しきれない様子である。

幽霊係の仕事に興味をもってくれているのは、とてもいい傾向だ。

いい傾向に違いない、はずなのに。

なぜだろう。なんだか嫌な予感がするなぁ……。

柏木はじわりと重くなってきた胃の上を、そっと左手でさすった。

第二章　火のないところに噂はたたない?

一

火災の原因は揚げ物なのか、漏電なのか。

幽霊を成仏させるのが目的じゃなかったのか、と、柏木は心の中でつっこむが、せっかく青田が興味をそそられているようなので、もう少し詳しくきいてみることにした。幽霊係の研修課題として、お手ごろな題材でもある。

「青田君、出火原因について堀内さんに詳しく尋ねてみてくれる? 団地の構造とか、君のほうが詳しいから適任だと思うんだ」

「わかりました!」

青田は緊張した面持ちでうなずいた。

「堀内さん、火災当日の朝のことを詳しくきかせていただけますか? 買い物に出かけた時刻は覚えていますか？」

青田は一所懸命である。ところが幽霊の対応は冷ややかだった。

（あたしのことはどうでもいいんですよ）

「えっ⁉」

（とにかくチャッピーを早く探してください！）

「いや、でも、これは大事なことなので、ぜひご協力を……」

（きっとあの子、すごく怖がってると思うんです、かわいそうに。こうしちゃいられないわ、あたしもチャッピーを探さないと）

そう言うと、幽霊は再び
（チャッピー、どこなの⁉　出ていらっしゃい）

と叫びはじめた。

「おれは相手にしてくれないんだ……」

すげなくあしらわれて、青田はすっかり意気消沈している。

「堀内さん、チャッピーちゃんの写真はありませんか？　携帯電話の写真でもいいんですが」

柏木も話しかけてみたが、ふりむいてくれない。聞こえていないのか、聞こえないふりをしているだけなのか。とにかくマイペースな幽霊である。

写真があれば、チャッピーの生死や現在の状況を桜井に透視してもらえるし、聞き込みをおこなう際にも役に立つのだが。

(チャッピー！　チャッピー！)

芽衣子はひたすら愛犬の名を呼び続けている。これでは成仏も研修も当分無理そうだ。

「今さらだけど、犬は発見されてないんだよね？」

死体も含めて、と、小さな声でつけたす。

「ないです」

「じゃあ、おれたちもチャッピーを探してみようか。愛犬が見つかれば、堀内さんも落ち着いて、いろいろ話してくれるかもしれないし」

犬の焼死体が出てきたら嫌だなぁという気持ちも正直あるが、叫んでいる幽霊をここでぼーっと見守っていても、どうにもならない。

まずは室内の捜索にあたることにした。青田が自宅からとってきてくれた懐中電灯のあかりを頼りに、小型犬の姿を探していく。

玄関、台所、六畳間、四畳半、浴室、トイレ、しまいには押し入れやベランダまで探してみた。

いわゆる団地サイズというのだろうか。六畳間も四畳半も、柏木が生まれ育った広島の農家にくらべると、ひとまわりずつ狭い。窓にいたっては、ふたまわりは小さい、特殊な規格になっている。

青田が言っていた通り、消火活動が早かったおかげだろう。火元であるガスコンロ周辺の壁から天井にかけては真っ黒だし、台所の隣の六畳間もかなり焼けていたが、四畳半や浴室、トイレはほとんど無傷である。

「火がまわらなかった部屋にチャッピーが逃げ込んでいれば、助かった可能性はあるが……」

「でも、もう火事から一ヶ月が経過してるんですよ？　運良く炎から逃げのびたとしても、この部屋にいたんじゃとっくに飢《う》え死にし……」

「堀内さんに聞こえたらまずいだろう」

柏木は慌てて小声でたしなめる。

「幽霊は強いショックを受けると、急に暴走することがあるから、生身の人間以上に気をつけないと」

「えっ、暴走⁉　まさかホラー映画の修羅場《しゅらば》みたいになるんですか⁉」

青田はびくっとして顔をこわばらせた。

「うん、まあ、たまにだけど、ポルターガイストっていうのかな？　物を動かしたり、音をたてたりするんだよ」

ごくたまにはとり殺されそうになったり、肉体をのっとられたり、いろいろ怖い目にあうこともあるのだが、研修初日の話題としてはハードすぎるので黙っておくことにする。

「なんだ、その程度ですか。びっくりさせないでください。暴走なんて言うから、何ごとかと思いましたよ」

いや、本当はそれだけじゃないんだけどね。

「えー、とにかく気をつけて」

「わかりました」

青田は重々しくうなずく。

「でも、天ぷら油火災じゃなかったとすると、現場検証の結果が間違ってたってことですよね？　それって重大なことじゃないですか？」

まだ青田は出火の原因に未練があるようだ。

「うーん、堀内さんの勘違いでなければ、そういうことになるが……」

柏木は幽霊に聞こえないように、声をひそめる。

「幽霊も生身の人間と一緒で、勘違いしたり、忘れたりすることはあるからね。幽霊の証言と物証が食い違う時は、基本的に物証を信じた方がいい」

「へぇ、そういうものなんですか」

青田は拍子抜けしたようだった。

その上、さまざまな理由から、あえて嘘をついて捜査を混乱させる幽霊だっているのだ。ということも、まだ青田には黙っていることにしよう。幽霊不信になられては困る。

とにかく、犬だ。研修続行のためにも、今は犬探しに専念しよう。

「これだけ探しても見つからないっていうことは、外に逃げたのかな……」

腕時計を見ると、夜九時半をまわったところである。

「ちょっと遅いけど、隣近所に聞き込みをしてみようか。犬を保護したとか、見かけたという人がいるかもしれない」

柏木の言葉に、青田はほっとしたような顔をした。ずっと叫び声をあげている幽霊のそばにいるのが、怖くて仕方なかったのだろう。

「そうですね。早速行ってみましょう」

「堀内さん、誰かチャッピーちゃんを見かけた人がいないか、聞いてきます」

一応幽霊に声をかけるが、返事もなければ、ふりむいてもくれない。チャッピーによびかけるので忙しいようだ。

「じゃ、行こうか」

柏木は玄関に戻ろうとして、立ち止まった。

「……⁉」

懐中電灯が照らしだす黄色い輪の中に、人の頭が見えた気がしたのだ。

「どうしたんですか？」

後ろで青田が不審そうな顔をしている。

「今、誰かいなかったか?」

「え? そんなはずはないですけど」

柏木はゆっくりと懐中電灯を動かす。たたきに散乱した靴。年季の入った下駄箱《げたばこ》。その上にガラスケースが置かれ、中には身長が五十センチ以上もある、大きな日本人形が飾られていた。

「なんだ、人形か……」

柏木は苦笑いをしようとして、失敗した。ぬらぬらと光る漆黒《しっこく》のおかっぱ頭は、妙にリアルな質感がある。もしかしたら、人毛かもしれない。どこを見ているのかわからない、青黒い大きな目。ほんの少しだけ白い歯がこぼれる朱色の唇。華《はな》やかな花柄の振り袖に、ちょっと高めの位置でしめた帯。

暗闇の中に飾られているせいか、なんとなく不気味である。

「何だかこの人形……」

「気になりますね」

青田は突然手をのばし、ガラスのおおいをとろうとした。

「何をするんだ⁉」

「この髪の毛が本物かどうか、さわればわかるかな?と思って」

「髪の毛なんて本物でも偽物でもいいから！　どうしても確認したい時は指紋《しもん》がつかないよう、手袋かハンカチを使って」

「え、だって、ここ、事件現場じゃないっすよね？」

青田はきょとんとしている。

「ああ、そうか。そうだね。ごめん。つい習慣で。とにかく聞き込みに行こう」

今すぐこの人形から遠ざかりたい。

理由はわからないが、そんな衝動が押しよせてくる。

一体この人形は何なんだろう。

柏木はてのひらがじっとりと汗ばむのを感じ、小さく頭をふった。

二

隣の二〇一号室のチャイムをならすと、三十代の女性が出てきた。部屋の中からは石鹸《せっけん》の匂《にお》いと子供たちのはしゃぎ声が聞こえてくる。

「夜分にすみません、警視庁の柏木といいます。お隣のことでちょっと教えていただきたいのですが」

「えっ、警察⁉　やっぱり堀内さんの火事は放火だったんですか⁉」

いきなりの反応に柏木は驚く。放火でしかもやっぱりとはどういう意味だろう。

「いえ、そういうことではなくて、堀内さんが飼っていた犬を探しているのですが」

「なんだ、犬のことですか」

隣人は肩すかしをくらったような顔をした。女性の名前は長谷川《はせがわ》久美《くみ》、三十六歳の主婦で、会社員の夫と子供二人の、四人家族だという。

「火災のあった朝、長谷川さんはご在宅でしたか?」

「はい。主人はもう仕事に出かけた後で、あたしが子供たちに朝ご飯を食べさせていたら、急に火災報知器がすごい音でなりだしたんです。本当にびっくりしました。泣きだした子供たちを両手に抱えて、外に逃げだすのが精一杯で、お隣にまで声をかける余裕がなくて……。堀内さんはまだ足腰もしっかりしてらっしゃったし、まさか逃げ遅れていたとは思わなかったんです。本当にお気の毒でした」

「火事の時、堀内さんが飼っていた犬は、無事に救出されたんですか?」

「さあ、それがよくわからないんですよ。あたしも気になったので、消防士さんにきいてみたんですけど、焼け跡から犬の死体は見つからなかったって言ってたから、なんとか逃げたんじゃないでしょうか」

「誰かが助けたとか、保護しているという話は聞いていませんか?」

「あたしは全然。ちょっと待ってください」

入浴中の夫にも確認してくれたが、やはり犬の行方についてはわからないということだった。

「ところで、さっき、やっぱり放火だったんですか、って言われましたけど、どうしてそう思われたんですか？」

「どうしてって、その、噂《うわさ》があったんですよ……」

久美は、しまった、という顔になる。

「どういう噂ですか？」

「あたしが話したっていうことは、内緒にしておいてもらえますか？」

「もちろんです。ご迷惑はおかけしませんので、ご安心ください」

「そうですか。じゃあ……」

隣人は声をひそめて話しはじめた。

「実は、あの犬のことで、堀内さんは二〇三号室の北村《きたむら》さんとずっともめていたんです。堀内さんは犬を外には出さないようにしてましたけど、どうしても鳴き声がキャンキャン響くでしょう？」

「そうでしょうね」

「団地の規約でペットは禁止されていますし、自治会からも犬を手放すようにって勧告があったんですけど、堀内さんはうちの子を保健所で処分しろっていうの!?って逆ぎれしちゃって」

さっきの調子で、どうせ建て替えだから犬を飼ってもかまわないはずだ、と、常日ごろから開きなおっていたのだろう。しかし犬の鳴き声で迷惑していた隣人にとっては、自分勝手なわがまま以外のなにものでもなかったに違いない。

「もしかして堀内さんは、団地の嫌われ者だったんですか？」

「いえ、そこまでは。一階の石倉《いしくら》さんみたいに犬好きな人もいるし、みんなが堀内さんともめてたわけじゃありません。実はうちの子たちも、あたしの目を盗んで、こっそり犬と遊ばせてもらってたみたいなんですよ」

「お子さんたちには、犬と遊ぶことを禁止しておられたのですか？」

「ええ。団地の皆さんの目がありますから。三年前にご主人を亡くして、ひとりぼっちになってしまった堀内さんがペットを溺愛《できあい》する気持ちもわかりましたけど、規約違反はまずいですよね」

これだけ大きな団地だと、人間関係にもそれなりに気をつかうらしい。

「そんなわけで、堀内さんが火事で亡くなった時、北村さんが放火したんじゃないかっていう噂がたったんですよ。ものすごく険悪でしたし、そもそも、お年寄りの一人暮らしで、朝から揚げ物って変ですよね？」

柏木は眉をひそめた。揚げ物なんかしていない、という幽霊の発言を思いだし、まさか、という疑惑がわきあがる。

「それに北村さんって、ずっと家にひきこもってるんですよ。一晩中電気がこうこうとついてるし、どうも昼寝て、夜起きてるみたいで。自分では小説家だって言ってるらしいんですけど、北村幸介《こうすけ》なんて作家、聞いたことないですよね？　ただのひきこもりならまだしも、テロリストとかだったら怖いなって、みんな言ってます」

北村は自称小説家のひきこもり男として、堀内芽衣子とは別の意味で、嫌がられているらしい。

「北村さんが何か怪《あや》しい行動をしているところを見た人はいますか？　火事の朝、堀内さんの部屋から出てきたとか、冬でもないのに灯油を買い込んでいたとか」

「いいえ、全然。ただ仲が悪かっただけです」

久美はきっぱり言い切った。根も葉もない憶測レベルの噂のようだ。

「そういえば、自分も放火の噂を聞いたことあります。揚げ物中の失火っていう正式発表のあと、すぐに消えちゃったんで、すっかり忘れてたっすよ」

青田は精一杯平静を装っているが、頬も耳たぶもピンクにそまり、興奮しているのが一《いち》目瞭然《もくりょうぜん》である。おいおい、余計なことを口走ってくれるなよ、と、柏木ははらはらしながら、じわっと痛む胃をおさえる。

「あら、警察の耳にも入ってるんですか？」

「って言うか、自分は隣の棟に住んでるんで」

「まあ、そうなんですか」

「よろしくっす」

青田がぺこりと頭をさげると、久美は親近感を抱いたらしく、表情がやわらかくなる。

「ところで、どうして警察が堀内さんの犬を探してるんですか？　あの犬が何か？」

「堀内さんに頼まれたんですよ」

青田の言葉に、柏木は顔をひきつらせた。いや、たしかにその通りなのだが、死んだ人から頼まれたなんて、変だろう。案の定、久美は首をかしげている。

「つまり、堀内さんのご遺族から頼まれたんですよ」

柏木は慌てて青田の言葉を補足訂正した。

「ご遺族っていうと、青森にお嫁にいった娘さんですか？」

「ああ、たぶんその人だと思います。お名前は何でしたっけ？」

「ええと、景子《けいこ》さんだったかしら？　一度、火事の後片づけに来てましたが、泣いてばっかりで全然はかどらなかったみたいです。無理もありませんけど」

懐中電灯のあかりでざっと見て回っただけだが、たしかに、まだほとんどの家財道具がそのままになっていた。

「なるほど。それではもしも犬を見かけることがありましたら、ぜひご連絡ください」

柏木がポケットに手をのばすと、すかさず青田が名刺を出して久美に渡す。今どき珍しい、プリクラの顔写真をはった、手づくり感あふれる名刺である。

「自分は隣の棟の四〇八の青田です。いつでもお気軽にどうぞ」

「わかりました」

ひとなつこい笑顔につられたのか、久美もにこにこしながらドアを閉めた。

軽率な発言にひやっとさせられる場面はあったが、その一方で、全体的にフレンドリーな雰囲気で聞き込みをおこなうことができたのも、青田のおかげだ。なかなかいい感じだぞ、と、柏木は自分に言いきかせる。

「堀内さんを落ち着かせるためにチャッピーを探していただけなのに、なんだか妙な展開になってきたな。ペットのトラブルに放火の噂、そしてひきこもりの隣人か……」

「団地に住んでいると、放火の噂はともかく、ペット騒動なんて年中ですよ。動物好きな人が全員ペットＯＫのマンションに引っ越せればいいんでしょうけど、たいてい家賃がすごく高いですからね」

ペットやピアノが許可されている物件は、壁が防音になっているため、賃料が高めに設定されていることが多いのだ。

「あと、堀内さんみたいに室内で飼ってる人はもちろん、団地内の野良猫に餌《えさ》をあげてる人なんかもよく問題になってます」

「ああ、野良猫の餌付《えづ》けは、団地以外でも時々もめているみたいだね」

「猫はゴミを散らかすことがあるんですよ。どちらかというと、カラスの方が凶悪みたいですけど。でも餌付けしている人たちも、猫はネズミ退治に一役買ってるんだから大事にしよう、って、負けてないですけどね」

「ふーん」

犬猫問題で大騒動なんて、田舎育ちの柏木にはどうもぴんとこない。ペットを飼うか飼わないか、野良猫に餌をあげるかあげないかは家庭内の問題というイメージがあるのだが、これだけ住居が密集しているとそうもいかないのだろう。

とにかく、青田に幽霊から話を聞きだす練習をさせるために、まずは犬を探しだすことが先決だ。

「じゃあ次は、北村さんのところに行ってみようか。トラブルになっていたくらいだから、堀内さんの犬の行方にも人一倍関心があるはずだし、もしかしたら何か知っているかもしれない」

「自称小説家の怪しいひきこもり男ですか。緊張しますね！」

青田は鼻息も荒くうなずいた。

三

二〇三は、二〇一や二〇二とは使用する階段が違うため、一度下におりて、外を歩き、隣の出入り口から階段をのぼらなくてはならない。五十六号棟には、最近のマンションのような、フロアを横断する廊下というものがなく、各階段の両脇に部屋があるというスタイルになっている。そのぶん階段がやたらに多い。プライバシーの保持という点では、廊下のない住棟も好評なのだと青田は言うが、宅配便や新聞配達は大変そうである。

「警察?」

二人が出した身分証を見て、北村幸介は顔をしかめた。

「今は仕事中なので、手短にお願いします」

白皙《はくせき》の美青年という言葉があるが、北村は白皙の美中年とでも言えばいいのだろうか。年齢は三十代のようにも見えるし、五十代のようにも見える。いつも昼間寝ていると長谷川久美が言っていたが、やたらに色が白い。青白いと言ってもいいくらいだ。なぜか唇だけが妙に赤い。細かいウェーブがかかった長い髪。長い睫毛《まつげ》にふちどられた切れ長の目は、カラーコンタクトでも使っているのか、灰色に見える。耳たぶで光る金色のピアス。最低限の筋肉すらついていないのではと心配になる細い身体。黒いシャツに白いスーツ。

やせこけた頬に一筋だけかかる前髪がやたらに怪しげな雰囲気をかもしだしている。しかも北村の肩越しに玄関の様子をうかがうと、深紅のばらが大量に飾られている。

噂では自称小説家ということだったが、どうも小説家という雰囲気ではない。ましてや、ひきこもりでも、テロリストでもなさそうだ。前衛芸術家にしては俗《ぞく》っぽいが、チンピラにしては細すぎる。強《し》いて言えば、ヴィジュアル系ミュージシャンだろうか。

とにかく、この昭和のにおいを濃厚に残す庶民的で堅実な団地には、まったく似つかわしくない。

「あの、失礼ですが、ご職業は？」

「……文筆業です」

「というと、小説や脚本を書かれてるんですか？」

「そこまで答える義務があるんですか？」

いきなりけんか腰である。職業についてはふれられたくないのだろうか。

「だいたい、何なんです、こんな時間に。用がないなら帰ってください」

もともと十五センチほどしかあいていなかったドアのすきまを閉じられそうになり、柏木は慌《あわ》てて靴の先をはさむ。こんな真似《まね》はしたくないのだが、新聞屋と刑事には必要な時もあるのだ。

「堀内さんの犬を探しているんですけど、何かご存知ありませんか？」

犬と聞いて、北村はうんざりしたような顔になった。青い血管が透《す》けて見えるきゃしゃな手で、長い髪をかきあげる。

「知りませんよ。私が犬を殺したとでも言うんですか？」

「いえ、決してそんなことは」

そう答えながらも、なるほど、そういう可能性もあったか、と、柏木は驚いた。誰かが火事のどさくさにまぎれて犬を殺し、死体を処分したとしたら、その後行方がわからなくなったのもうなずける。

「知ってますよ、私が火をつけたという噂がまことしやかに流れていることくらい」

「本当に北村さんが放火したんですか？」

青田の単刀直入な質問に、柏木は仰天《ぎょうてん》した。北村の青白い顔が、さっと紅潮する。

「そんな野蛮《やばん》なことはしません。そもそも、揚げ物中の失火であると、あなたたち警察が発表したんですよ？　どうして私が疑われねばならないのか、憤《いきどお》りを感じずにはいられませんね」

「だってあなたは堀内さんと……」

「全然疑ってなんかいません。我々は犬を探しているだけですから」

青田の口にガムテープをはってやりたい衝動にかられながら、柏木は慌てて否定した。

「堀内さんは、口は達者でしたけど高齢でしたし、料理中にうっかり火を出したとしても何の不思議もありませんよ。まったくもって最期まで迷惑至極《しごく》な人でしたね」

北村は細い眉をきゅっとよせ、鬱憤《うっぷん》をぶちまける。

「そもそも、団地の規約で犬の飼育は禁止されているんですよ⁉　あきらかに悪いのは規約を無視して飼い続けていたあの人ですよね。どうして私が、やれ放火だ、殺人だ、と、悪く言われねばならないんですか⁉　理不尽《りふじん》極まりないですよ」

亡くなった人に対してここまで言う人も珍しい。もともと堀内芽衣子と険悪だったことに加え、放火の噂をたてられてピリピリしているのだろう。

「ええ、ですから、火事の原因は失火と特定されていますし、我々は犬を探しているだけなんです」

柏木はもう一度、なだめるように言う。やれやれ、気も重いが、胃も重い。

「火事の後、犬を見かけたり、鳴き声を聞いたというようなことはありませんでしたか？」

「あのうるさい犬も火事で死んだんだとばかり思っていましたが？」

北村は憎々しそうに毒を吐《は》いた。

「焼け跡から犬の死体は発見されてないんですよ」

「ひとかけらの骨も残さずきれいさっぱり焼けたということではありませんか？　それとも誰かが助けたんでしょうか？　そんなところは見かけませんでしたけど」

「北村さんは、火事のあった朝はご在宅だったんですか？」

「私は徹夜明けで疲れて寝ていたところを、火災報知器のベルでたたきおこされたんですよ。建物の外に出てみて初めて、隣から出火していたことがわかり、びっくりしました」

けたたましいサイレン音を響かせながら、あっというまに消防車がかけつけてきた。次から次へと消防車が並び、玄関側とベランダ側の両側から放水していく。

消火作業中に芽衣子が発見されたが、外に連れだされた時には既に心肺停止の状態だった。すぐに救急車で病院にはこばれたが、一時間後に死亡が確認されたという。

「とにかくひどい騒ぎでしたから、もし犬がとびだしてきても、誰も気がつかなかったでしょうね」

「そうですか」

「仮に火事の後も生き残ってキャンキャン吠えていたりしたら、絶対壁越しにうちまで聞こえるはずですが、何も聞こえないということは、すなわち、死んだのでしょう。まったくあの耳障《みみざわ》りなかん高い鳴き声には辟易《へきえき》しましたよ。こっちは集中力が必要な仕事をしているのに」

「わかりました。でも、もし万一犬を見かけることがあったら、ご連絡いただけますか？」

「自分は隣の棟に住んでいますから」

北村は冷ややかな視線で青田を一瞥《いちべつ》した。おそらく今、北村にとっては、団地中の人間が敵なのだろう。柏木は慌てて名刺を渡す。

ちなみに特殊捜査室などというさんくさい部署の存在は、都民のみなさんには秘密になっているので、柏木の名刺にはごく大ざっぱな肩書きと連絡先しか記されていない。

「まあ、気が向いたら連絡しますよ。気分次第では保健所に突きだすかもしれませんけどね」

北村は柏木の名刺を下駄箱の上に投げ捨てると、仕事がありますから、と、言って、バタンとドアを閉めてしまった。

「火のないところに煙はたたないって言いますけど、あんな調子じゃ放火殺人なんて噂がたつのも当然っすよねぇ。敵意むきだしじゃないですか」

青田の正直な一言に、柏木の胃はぎゅうっと縮こまった。北村に聞こえたらどうするのだ。

青田に悪気はないのだ。いや、刑事として、北村に疑惑を抱くのはむしろ当然だろう。青田は間違っていない。余計な一言が多すぎる気もするが、若いから仕方のないことなのだ。

しかし、保健所ときたか。

チャッピーが火災現場から脱出した後、そのへんをうろうろしているうちに迷い犬として捕獲された可能性もあるかもしれない。

動物愛護相談センターで引き取り手がみつからなかった犬の保護期間はわずか一週間である。

万が一にもそんな悲しい結末になっていたら、堀内芽衣子に何と言えばいいのだろう。

とにかく、明日朝いちで保健所と動物愛護相談センターに連絡してみなくては。

柏木はしくしく痛む胃をそっとおさえた。

四

北村の外見や言動には当惑させられたが、引き続き、住人たちに聞き込みをおこなっていった。

二〇四号室の住人、つまり、北村の隣人は、佐々岡《ささおか》という六十代の夫婦だった。夫は既に定年退職をむかえ、二人で年金生活をおくっているというが、姿勢が良く、声にもはりがあり、若々しい印象をうける。

「火事の前も後も、犬を見かけたことは一度もないね。もともとうちまでは鳴き声もたいして聞こえてこなかったし。堀内さんご本人とも、あんまり付き合いはなかったなぁ。会えば挨拶くらいはしたけど」

夫の言葉に、妻はうなずいた。

「北村さんが犬のことで堀内さんともめてるっていうことは知っていました。北村さんはちょっと神経質っていうか、物音に敏感なんですよね。うちも以前、ゲームの音がうるさいって怒鳴《どな》りこまれたことがありましたよ」

「ゲーム……ですか？」

「昔はよく二人でテニスやゴルフに行ったりしていたんですけど、さすがにこの年になると、炎天下でプレイするのはしんどいですからねぇ。お金もかかりますし。そんな話をしていたら、息子が老化防止にって、ゲーム機を買ってくれたんですよ」

最初は年相応にクイズや漢字検定のゲームから入ったのだが、今や二人とも、ＲＰＧからアクションまで幅広くこなせる筋金入りのゲーマーなのだそうだ。

「でも、夜中ならともかく、昼間ですよ？　それも別に大音量でもないのに、ちょっとでも聞こえると気になるって言われて。以来、昼でも夜でも必ず窓を閉め切って、ボリュームも最低限まで絞り込んでプレイしてます。もちろんテニスやダンスみたいに身体を動かすゲームは絶対できないし、うちは夫婦そろってゲーマーなので本当に不自由してます」

「昼も夜もゲームだなんて、目に悪そうですけど……」

「いいんだよ、どうせもう老い先短いんだから」

夫は豪快に笑いとばした。口では老い先短いなどと言っているが、この調子だとあと四十年、いや、五十年は生きそうである。

「そもそも北村さんの方こそ、朝っぱらから大音量でヴァーグナーをかけてたりするんだよ。何てったっけ？『地獄の黙示録《もくしろく》』って映画に使われてた曲。うるさい上に重苦しくて、さわやかな朝の気分が台無しだよ。そりゃ音楽は自治会の規約違反じゃないけどさ、勘弁《かんべん》してほしいよね」

「それを言うならうちのゲーム音だって、規約には反してませんよ。しかも音量はさげてるのに」

夫婦はそろって深々とため息をつく。

「北村さんに耳栓《みみせん》を使ってもらうとかは、だめなんですか？」

青田が提案すると、夫はいまいましそうに舌打ちした。

「耳栓をすると熟睡できないって言うんだよ。しかも、夜は夜で、物音がすると仕事の邪魔になるって怒るんだよね。自分では小説家だって言ってるらしいけど、でも、小説家には見えないよなぁ」

「たしかに、小説家という雰囲気の方ではありませんよね。派手というか、華美《かび》というか」

「……」

「そうそう、小説家っていうと、もっとシックに、和服で決めているものですよね」

「え？」

妻の言葉に、柏木は目をしばたたいた。

「それで、家にはお手伝いさんがいるもんだよな」

それは一体いつの時代の文豪《ぶんごう》の話だろう。

「あと、ベレー帽をかぶってるんじゃありませんでしたっけ？」

「それは漫画家だろう」

「あらそうでした」

夫婦はけらけらと楽しそうに笑う。どこまでが本気で、どこからが冗談なのかよくわからない。

「まあ、とにかく北村さんは気難しい人で、困ったもんだな」

「ちょっと面倒くさいけど、ヘッドホンをすれば大丈夫ですよ。昨日のバージョンアップで新しいモンスターが追加されたみたいだから、二人で行ってみましょう。運が良ければレアアイテムをドロップするかもしれないわよ」

妻がなぐさめの言葉をかけると、夫の顔が明るくなった。二人で攻略しているゲームの話らしい。

「とにかく堀内さんの犬のことだったら、一階の石倉さんか三木《みき》さんに聞いた方がいいと思うよ。三階から上は空室が多いし」

「わかりました、ありがとうございます」

柏木たちが頭をさげると、それじゃ、と、陽気な夫婦はドアを閉めた。早速、冒険の旅にでかけるのだろう。

佐々岡夫妻のアドバイスに従って、次は一〇一号室に行ってみた。長谷川一家の真下の部屋で、三木という表札が出ている。

「警察？　もしかして放火だったんですか？」

妻の声を聞きつけて、夫と中学生の娘も玄関に出てきた。夫は食品メーカーの社員で、妻は書店でパート勤務をしているという。夫婦がわりと地味な服装で、髪も真っ黒なのにくらべ、娘は金色に近い茶髪で、やたらに長い爪には、花やきらきらしたものをつけている。もしかしたらつけ爪なのかもしれない。

「やっぱり犯人は北村さんですか？」

長谷川久美や佐々岡夫妻とほとんど同じ反応である。北村放火説はかなり浸透しているらしい。

「あ、いや、そういうわけじゃなくて、堀内さんが飼っていた犬を探しているんですが」

「そういえば火事の後見ませんね。鳴き声も聞こえなくなったし……」

「ワンちゃん、ご主人さまと一緒に火事で死んじゃったのかなぁ、かわいそう」

中学生の娘は犬好きのようだ。

「うちでも犬飼おうよって言ったんだけど、ママが反対なんだよね。ケチだから」

「散歩もさせてあげられない環境で飼うなんて、犬がかわいそうだからだめ」

ママはケチじゃないわよ、と、母親は反論した。

「じゃあ猫でいいよ。猫なら散歩いらないし、室内飼いでもかわいそうじゃないでしょ。ねぇ、猫、猫、猫」

「だめよ、動物は。堀内さんと北村さんがもめまくってたことは、あんたも知ってるでしょ」

「ちぇー」

なるほど、一世帯がペットを飼いだすと、こうやって周りに影響をおよぼすものらしい。

何かわかったら連絡を、と、ここでも言い置いて、二人は三木家を辞去した。

隣の一〇二号室には、石倉という一家が住んでいた。こちらは老夫婦と三十代後半の息子で、三木家とちょうど一世代ずつずれている。

「はいはーい、ちょっと待っててねー」

愛想よく玄関に出てきたのは、息子の良人《よしと》だった。ちょっと小太りで眼鏡をかけており、Tシャツに膝丈のコットンパンツで、駅の反対側にあるスーパーに勤めているという。両親は夜早いので、二人とも、もう床についたとのことだった。

「火事のあと全然見ないから、おれもチャッピーのことは心配してたんだよね」

ことだろうか。

「一階の石倉さんみたいに犬好きな人もいる」と長谷川久美が言っていたが、この良人の

「石倉さんは犬がお好きなんですか？」

「動物は何でも好きかな」

「チャッピーと遊んだことはありましたか？」

「いや、一応女性の一人暮らしだし、部屋に入ったことはないよ。散歩はさせていなかったしね。でも、階段で堀内さんに会った時なんかは、よくチャッピーの話をしたなぁ。堀内さん、あんなに元気だったのに、まさか亡くなるだなんて……」

良人は戸惑《とまど》ったような顔で、耳のうしろをかいた。

「火事の後、チャッピーを探す時間はなかったですよね？　スーパーにお勤めでしたら朝は忙しいでしょうし」

まずだめだろうとは思ったが、石倉が一番、堀内芽衣子と親しかったようなので、一応、聞くだけ聞いてみる。

「あー、うん、たしかに年中無休だから忙しいんだけどさ、そもそもうちで飼うこともできないのに、探してもしょうがないじゃない？」

「なるほど」

「今ごろ優しい人に拾《ひろ》われてるといいんだけどね」

かれこれ一ヶ月もの間、チャッピーが行方不明になっている理由は、このへんにあるようだ。住人は皆、北村とのトラブルを知っているだけに、あえて関わらないようにしてきたのだろう。もし万一、チャッピーが団地内をうろうろしていたとしても、見なかったことにしたに違いない。

「どうしたんだ、良人。こんな時間にお客さんかい？」

パジャマの上にカーディガンをはおった老人が玄関に出てきた。良人の父親だろう。軽く右足をひきずっている。

「刑事さんだよ」

「夜分にすみません」

柏木と青田は頭をさげた。

「警察？　もしかして、堀内さんの火事は隣の人が火をつけたっていう、あの噂のことかい？」

例の噂は、当然、ここにも届いているようだ。

「そんな無責任なことを言っちゃだめじゃないか。北村さんの耳に入ったらえらいことになるよ」

「あいつは感じの悪い奴だからなぁ」

「ああ、いや、我々は堀内さんの犬を探しているだけなんですが」

「何だ、犬か」

つまらなそうに父親は言った。

「最近鳴き声もしないし、誰かが引き取ったって話も聞かないし、火事で死んだんじゃないのかねぇ」

父親の意見に、良人は首をかしげる。

「でも、死んだっていう話も聞かないよな」

「そうなんです。死体も発見されていませんし、生きている可能性もおおいにありますので、もし見かけたらぜひご連絡ください」

柏木は父子に頼むと、石倉家を辞去した。

「もうすぐ十一時になるし、今日はここまでにしておこうか」

柏木は腕時計を確認しながら言った。凶悪事件の犯人が逃走中というような緊急事態ならともかく、犬探しで深夜、聞き込みにまわったりしたら、警視庁に苦情が殺到してしまう。

「もう一度、堀内さんの部屋に行ってもいいですか？　北村さんとのこととか、本人から聞くのが一番確実だと思うんですよ」

青田が目をきらきらさせながら言った。かれこれ二時間ずっと立ちっぱなしで、柏木はそろそろ体力の限界を感じていたのだが、さすがに青田は若くて体力がある。いや、自分に体力がなさすぎるのかもしれないが。

「ああ、うん、そうだね。さっきの調子じゃ、堀内さんが答えてくれるかどうかわからないけど、一応行ってみようか」

「はい！」

柏木は疲れた足腰にむちうって、再び二階へ戻った。放火説は北村のキャラクターが災いして流れた、根も葉もないデマのようだが、せっかく青田が幽霊から話を聞きだすことに興味を示しているのだ。ここで自分がへばるわけにはいかない。

ドアをあけると、あいかわらず堀内芽衣子は愛犬の名前を叫んでいた。幽霊は疲れを感じないのだろうか。いや、コーラス同好会に入っていたくらいだから、生前から立ったまま大声をだすのには慣れていたのかもしれない。

「堀内さん、チャッピーちゃんを探してきたのですが……」

柏木は慎重に言葉を選んで声をかけた。

（見つかりましたか⁉）

久々の反応である。

「残念ながら、このあたりにはいないようです。どこかで迷子になっているのかもしれません」

（一体どこに行ってしまったのかしら。外には出さないよう、気をつけていたのに）

「あのっ、二〇三号室の北村さんが、この部屋に放火したっていう噂があるんですが」

でた。直球ストレート勝負だ。

柏木は前かがみになり、両手で胃をおさえた。

（何ですって⁉　あのラーメン頭が⁉）

「はい。団地中その噂で持ちきりです。堀内さんが出かけている間に、こっそりここに忍びこんで火をつけたんじゃないかと、自分はにらんでます」

（たしかにあの男ならやりかねないわね。赦《ゆる》せないわ！）

幽霊はきっと壁をにらみつけた。壁のむこうは北村の部屋だ。

半透明の身体の周囲が蒼白《あおじろ》く燃え上がったように輝く。

どうもよくない兆候《ちょうこう》だ。話題をかえた方がいいかもしれない。

「あの、堀内さん……」

「あいつが火をつけたせいで堀内さんが死んだんだとしたら、立派な放火殺人ですよね⁉」

「青田君！」

柏木はとっさに両手で青田の口をふさぐ。

（放火……殺人？）

幽霊は呆然《ぼうぜん》とした表情で、青田の言葉を繰り返した。

だめだ、しっかり本人の耳に入ってしまったようだ。

（あたし……あの火事で、死んだの……？）

ゆっくりと、自分の半透明な手に、腕に、身体に目をやり、順番に確認している。

（どうしてこの手は……腕は……むこうが透けて見えるの……？　思いだせない……でも……）

ごおっと突風がうずまき、紙や布の燃えかすをまきあげる。

まったく、青田は、言ってはならない時に、一番言ってはならない単語を探し当てる天才かもしれない。

（あたしは、死んだの……？　チャッピーは……？　あ……あああ……）

芽衣子は両手で抱えた頭を激しく左右に振った。不気味なうめき声が響く。

最悪だ。

五

「ほ、堀内さん……？」

青田は何がおこったのかさっぱり理解できずに、慌てふためき、おろおろとあたりを見回している。

（あの男……あたしとチャッピーを焼き殺すつもりだったのね……！）

芽衣子はいきなり両腕を前に突きだした。髪が完全に逆立っている。こうなったらもう止められない。

「伏せろ！」

柏木は右手で青田の腕をつかみ、自分も畳の上にしゃがみこんだ。左腕で目と口をおおう。

「か、柏木さん、これは？」

「暴走だ」

「ええっ⁉」

「とにかく目をかばって！　下を向いて！」

「は、はい……」

青田は見よう見まねで下をむき、両腕で顔をかばった。

「落ち着いてください、堀内さん！　ただの噂です！　何の証拠もありません！」

柏木は大声で幽霊によびかけた。しかし暴走状態の幽霊の耳には届かない。

（まさか、チャッピーも、もう……⁉　悔《くや》しい、今すぐあの男を八つ裂きにしてやりたいのに、ここから動けない……。どうして……⁉）

おそらく地縛霊なので、死んだ場所から動けないのだろう。

北村の身に危険がおよばないことがわかり、ほっとするが、自分たちが危機に瀕《ひん》していることにかわりはない。暴風は強くなる一方だ。たんすや本棚が激しく音をたて、ぐらぐら揺れている。大型家具が身体の上に倒れてきたら、ただではすまないだろう。

自分一人ならなんとかドアまで這《は》っていけないこともないが、青田はすっかり腰がぬけている様子である。

せめて、退避できる場所はないかと必死で探すが、暗くてどこに何があるのか、よく見えない。

「ほ、堀内さん……」

口の中がからからに乾《かわ》いて、声がうまくだせない。

万事休《ばんじきゅう》すか、と、柏木が絶望のふちに突き落とされたその時。

(チャッピーちゃんは絶対に無事よ！)

凛《りん》とした高い声が響き、ぱあっと明るい光が部屋を満たした。光の中心にいるのは、濃緑色のセーラー服を着た女子高生である。

(この部屋を隅々まで見てまわったけど、チャッピーちゃんの死体はなかった。ということは、逃げだして、元気でいるってことよ)

(そう……かしら……?)

(そうよ)

結花が断言すると、逆立っていた芽衣子の髪がゆっくりと肩まで戻った。風がやみ、家具の揺れも止まる。

助かった。

柏木が、ありがとう、と頭をさげると、結花は笑顔で応える。

(きっとこの刑事さんたちが探してきてくれるから、それまで待ちましょう。ね)

(そう……わかったわ)

芽衣子はしぶしぶといった様子でうなずいた。

(ところであなた、どなたかしら?)

(柏木さんの守護天使で、及川結花といいます)

(守護天使? 守護霊みたいなもの?)

(そんな感じです)

どうも結花は憑依霊《ひょうい》という言葉が好きではないらしい。自分はただ取り憑いているだけではなく、時には柏木を助けているのだとアピールしたいようなのだ。それならいっそ、守護霊と名乗ればよさそうなものだが、正式な守護霊になるにはいろいろと資格が必要なのだとかで、今のところは守護天使という肩書きを使うことにしているらしい。

(あたしは幽霊歴が五年以上のベテランなので、わからないことがあったら何でもきいてください)

（あら、そうなの？　じゃあ早速だけど、あたし、ここから動けないのよ。チャッピーを探しに行きたいのに、どうしてかしら？）

（あー、それは地縛霊だからですね。亡くなった場所にいる幽霊って、たいていそうなんですよ。あたしも最初は地縛霊だったんですけど、慣れてくるうちにだんだん歩いたり、飛んだりできるようになりました）

（なるほどねぇ）

幽霊たちが親交を深めている間に、柏木は立ち上がり、どこにも怪我がないことを確認した。青田はまだへたりこんだままだが、外傷はないようである。

「ところで堀内さん、火事のあった朝、チャッピーちゃんは間違いなく二〇二号室にいたんですか？」

（間違いないわ。朝御飯を出してあげたら、元気に食べたもの）

「最後にチャッピーちゃんを見た場所はどこですか？」

（玄関よ。あたしが買い物に行こうとした時、見送ってくれたの。あたしが外へ出かける時はいつも玄関で見送ってくれたし、帰ってきた時は玄関まで出迎《でむか》えてくれたわ……。本当に、優しくて、かわいい子で……）

感極まって、幽霊はほろほろ泣きだしてしまった。

「できればチャッピーちゃんの写真をお借りしたいのですが」

（写真はたくさんあったんだけど、アルバムは六畳間の本棚にしまっていたから、だめかもしれない……）

柏木は六畳間に行ってみたが、本棚のものは全《すべ》て焼けていて、どれがアルバムかすらわからないありさまだった。

「お友達に写真をあげたりはしなかったんですか？」

（いくらチャッピーがかわいくても、そんな親ばかなことはしませんよ）

幽霊になってまで探しているくらい犬を溺愛しているくせに、親ばかだと思われるのは嫌らしい。

「カメラにデータが残っていませんか？」

（そこの文机《ふづくえ》の引き出しかしら？　小さな銀色のカメラなんだけど）

しかし引き出しにはカメラなど入っていない。

（変ねぇ）

芽衣子が首をかしげていると、もう一人の幽霊が、あのー、と、申し訳なさそうに声をかけてきた。

（ダイニングテーブルの上にカメラらしきものを発見したんだけど……）

結花は窓からの月明かりを頼りに、探しだしてくれたらしい。そういえば、かなり暗いところでも、生身の人間よりは視界がきく、と、以前言っていた。

「お、ありがとう」

（でもねぇ……）

懐中電灯のあかりに照らしだされたのは、すっかり黒ずんだカメラだった。

（あっ、そう言えば、前の日に使った後しまい忘れたかも）

チャッピーの写真がー、と、芽衣子が地団駄《じだんだ》をふむが、後の祭りである。

「ローストされちゃってますよ。かなりやばい感じですね」

「うん……」

青田と柏木が二人がかりであちこち押してみるが、うんともすんとも反応しない。芽衣子が生前買い置きしていた乾電池《かんでんち》を入れてみたが、案の定、何の変化もない。

「データの復旧は無理かもしれないな……」

「ですねー」

「パソコンに画像データを保存していませんか？」

（パソコンなんて持ってませんよ）

「ええと、では、携帯電話でチャッピーちゃんの写真をとったことはありますか？」

（あたしの携帯は通話専用のシンプルなやつだから、カメラなんかついてないわ）

「となると、写真はまったく残っていなさそうですね」

（それもこれも、あの男が火をつけたせいね……！）

幽霊は両手をにぎりしめ、ぶるぶる震わせた。

まずい、また興奮している。

「いや、それはどうでしょう」

柏木は慌てて幽霊をなだめにかかった。

(どうって?)

「北村さんはこの二〇二号室の合い鍵なんか、当然持っていませんよね?」

(そりゃそうですよ)

「堀内さんは買い物に行く時、ドアの鍵をかけないで出かけたりすることはありますか?」

(この物騒《ぶっそう》なご時世に、そんなことするわけないでしょう)

「では窓はどうですか?」

(あたしがいる時も、窓は必ず閉めて、鍵をかけてますよ。何かのはずみで窓があいて、チャッピーが下へ落っこちたりしたら大変ですからね)

「となると、放火以前に、侵入が難しいでしょうね」

青田が、はい、と、手をあげた。

「ドアの新聞受けから火のついた紙や布を投げ込んでも、放火はできるんじゃないですか?」

「たしかにその方法で放火は可能だけど、今回の場合は玄関の靴が全然燃えてないし、違うと思うよ」

そんなあからさまに怪しい状況を、消防と警察が見逃すはずがない。

「じゃあ、北村がどうにかしてこの部屋の合い鍵を手に入れて、揚げ物油の入った鍋にマッチを放り込んだとか」

「マッチの燃えかすが残るんじゃないのかな。そもそも食用油は、常温の状態で火を近づけても燃えなかったと思う」

「じゃあ……揚げ物油の入った鍋を火にかけて、油が煮えたぎるまで待ってからライターで火をつけたんですよ」

「そんな時間のかかることをしていたら、堀内さんが買い物から帰って来ちゃうだろう。それより灯油でも持ってきて畳にまく方がはるかに手っ取り早いよ」

「そうですね……」

青田はしょんぼりとうなだれる。

「放火は根拠のない噂ですので、くれぐれも北村さんに危害を加えたりはなさらないようお願いします」

（はいはい、わかりました）

芽衣子は不満げに同意した。結花が苦笑いしながら肩をすくめている。

「出火原因については、ちゃんと報告書をとりよせて確認してみるよ。あとはチャッピーちゃんが見つかれば、当日の朝の状況をきけるかもしれないし」

「犬からですか？」

「うん、青田君は知らないだろうけど……」

「知ってます！　有名な伊集院さんが特殊捜査室にはいるんですよね⁉」

青田は興奮して、鼻息も荒くまくしたてた。

「犬の言葉を話せる伝説の刑事だって聞きました。あと、ファッションも個性的だって。メンズエステ殺人事件の時に池袋署で取り調べを受けた時なんか、すごかったそうじゃないですか。一度でいいから自分もお目にかかってみたいっす！」

「伝説なんだ……」

きっと今ごろ、伊集院は小指をたてて、くしゅん、と、かわいらしくくしゃみをしているに違いない。

「でも本当に犬の言葉を話せるんですか？」

「うん。おれも何度か見たことあるけど、ちゃんと会話が成立しているみたいだった。だから、チャッピーが見つかれば、何か聞きだせると思う」

「へー、すごいですね！」

青田はしきりに感心している。

「あっ、そうだ」

青田が懐中電灯片手にかけだしたと思うと、ガラスケースを胸に抱えて戻ってきた。中には例の大きな日本人形が入っている。

「青田君、その人形……」

「お宮の間には、物の記憶を読める人もいるんでしたよね？」

「うん、いるけど、まさか……」

「この人形はずっと玄関にいたわけだから、侵入者を見ている可能性がありますよね？　それに、チャッピーが逃げたかどうかもわかるんじゃないですか？」

「いや、でも、勝手に持ちだすわけには」

（かまいませんよ、お持ちください）

振りむくと、芽衣子が腰に手をあててうなずいていた。

（チャッピーを探す手がかりになるかもしれないんでしょう？　人形でも鍋でも靴でも、好きなだけお持ちくださいな）

「え、でも、こんなに立派なお人形だし、大切な思い出の品なんじゃありませんか？」

（去年リサイクルショップで見かけて、きれいだから買っただけ。歳末バーゲンで安かったしね。別に思い出の品なんかじゃないから安心して）

「娘さんには僕が連絡しておきます。連絡先はたぶん自治会長さんが知ってると思うんで。だから柏木さん、お願いします！」

　警察が人形を預かる理由を、一体何と説明するつもりだろう。これまでの青田の言動を思い返すと、不安を感じずにはいられない。

　青田にぐいぐい押しつけられて、人形を受け取らされてしまった。気が重いが仕方がない。なるべく早く高島に記憶を読んでもらうしかないか。

　階段をおり、五十六号棟から出ると、青田はくるりと柏木を振り返った。

「柏木さん！　今日は本当に貴重な体験をさせていただき、ありがとうございました。これまで自分はただ幽霊を怖がってばかりでしたが、思い切って話してみてよかったです」

　つんつん頭をぺこりとさげる。

「え、そう？」

「はい。放火に関する新情報もゲットできて、すごいエキサイトでした。刑事としての新境地を拓《ひら》いた気がするっす。幽霊係ってすごい仕事ですね」

「そうだろう？　そうだよね！」

「おれ、絶対この放火殺人事件を解明したいっす！　力を貸してください！」

「わかった。一緒にがんばろう」

　青田が差しだしてきた右手を握ると、ぎゅっと握り返された。

　どうやら二代目幽霊係としての第一歩を踏みださせることに成功したようで、柏木はほっとする。

正直なところ、放火殺人の可能性はほぼゼロだと思うが、研修さえうまくいけばいいのだ。

心地よい夜風が団地をふきぬけ、街路樹の葉をゆらしていった。

第三章　わたしの人形は良い人形

一

高島佳帆に指定された目黒《めぐろ》のショットバーは、カウンター席しかない小さな店だった。地下で窓がない上に、照明をおとしているので、かなり薄暗い。

「こんな遅くにすみません」

高いスツールに腰かけ、右腕で頬杖《ほおづえ》をついている高島を見つけると、柏木は頭をさげた。もう時計の針は十二時をまわっている。

「座れば？」

高島はいきなり左手で柏木のネクタイをひっぱって、自分の隣に腰をおろさせた。なんだか目つきがとろんとしているし、目のふちが赤くなっている。やばい、もう酔《よ》っぱらっているようだ。過去の悪夢が、走馬灯《そうまとう》のように柏木の脳裏をかけめぐった。高島は素面《しらふ》の時は冷徹《れいてつ》な仕事の鬼なのだが、ひとたび酔いがまわると、恐怖の酒乱女王にしてキス魔と化すのである。

深夜に高島と待ち合わせると、自分の身が危険にさらされることはわかっていた。が、人形を高島に託《たく》してしまわないと、宿舎まで持って帰るはめになってしまう。

柏木はいざという時のために退路を確認し、駆けだしやすいように、右足をななめ後ろにおろした。

「胃の弱い方でも大丈夫なカクテルです」

バーテンダーが薄茶色の飲み物を出してくれた。あらかじめ高島が注文しておいてくれたのだろう。ひとなめしてみると、牛乳に、ほんの少し、チョコレートのリキュールが入っている。

「それで、あたしに見てもらいたいものって何？」

「これなんですけど……」

柏木がカウンターの上に人形を置くと、高島は大きく目を見開いた。頬杖をやめて、背筋をまっすぐにおこす。

「ケンタの悪運の強さには、本当に感心するわ」

「それはどういう意味ですか？」

何だか嫌な予感がするなぁと思いつつも、尋ねずにはいられない。

「まえも言ったと思うけど、呪いの刀剣やら掛け軸やらって、年中持ち込まれてくるわりに、本物にあたることは滅多にないのよ。最近では、ケンタと三谷さんに協力してもらった呪いの指輪くらいね」

そういえば、指輪事件の時も三谷の世話になったんだっけ、と、柏木は心の中でため息をついた。三谷は強力で信頼のおける霊能者なのだが、そのぶん請求が高額なのである。一体いくらツケがたまっているのか、恐ろしくてきく気にもならないくらいだ。

「つまり、この人形は呪われてるんですか？」

「呪われてるっていうよりは、むしろこの人形が何かを呪ってるくらいの、強い気を感じるわね。瘴気《しょうき》とでも言えばいいのかしら。ケンタは何も感じない？」

「なんだか気味の悪い人形だなとは思ってましたけど、まさかそこまでとは……」

まったく青田もとんでもない人形を持たせてくれたものである。いや、迷わずこの人形を選んだあたり、やはり霊感がすぐれているということか？

「それで、この市松《いちまつ》人形はどこで手に入れたの？」

「市松人形っていうんですか？　ええと、例の青田君と一緒に赤羽の団地へ行って……」

柏木が団地での顚末《てんまつ》を話している間も、高島の視線は人形に釘付《くぎづ》けだった。興味津々というよりは、驚愕《きょうがく》や不審の入り混じったような表情をしている。

柏木が説明を終えると、ようやく高島は目をあげた。

「堀内さんはこの人形をどこで手に入れたって言ってた？」

「リサイクルショップで買ったそうです」

「場所は？」

「そこまでは聞きませんでした」

「だめじゃない、呪い関係の物を扱う時は、まず来歴をおさえないと」

呪いのアイテムを扱うにあたって、それなりのお作法というものがあるらしい。

「すみません。あの、変なことをききますが……もしかして、この人形が火事を出したなんて可能性はありますか？」

「間接的にならあるかもね」

「どういう意味ですか？」

「よほどのことがない限り、人形が自力で火をおこすとか、何かを燃やすなんてことはないわ。ただ、人間をあやつって、火をつけさせることは可能かもしれない」

「あやつる……」

柏木はぞっとした。

そんなばかな、と、否定したいところだが、この不気味な人形なら、北村幸介をあやつって放火させるくらいの力はあるかもしれない。

「ちょっとこのケースから出してみていい？」

「あ、はい、どうぞ」

高島は両手に白い手袋をはめると、ガラスのおおいをそっと持ち上げた。

人形をとりだすと、てのひらを見る。白くふっくらしたてのひらには、小さな傷がついていた。

「やっぱり……これ、妹の人形だわ」

「えっ!?」

「この傷、あたしが子供の頃うっかりつけたの。間違いないわ」

どうも高島の様子がおかしいと思ったら、知っている人形だったのか。しかし、幽霊がいる住居の玄関に飾られていた人形が、もとは高島の妹のものだったとは奇遇としか言いようがない。しかも、呪いの人形である。そもそも高島に妹がいるというのも初耳だ。

「じゃあ、リサイクルショップに出したのは妹さんですか？」

「いいえ、あたしよ。もう二十年以上前だけど」

高島は右手の指先でこめかみをおさえた。

「あたしが十二歳の時、妹と両親は交通事故で亡くなったの。一人残ったあたしは祖父母の家にひきとられることになったんだけど、妹と両親の家財を全部持って行くわけにはいかないでしょう？　それで、最低限の形見の品以外は全部、業者に依頼して処分してもらったのよ。もちろん業者の手配をしてくれたのは祖父母だけど」

高島が淡々と語る話を聞いて、柏木は息をのんだ。

そういえば、高島から犬のケンタの話を聞いたことはあっても、家族の話を聞いたことは一度もない。だが、まさか、両親もきょうだいも亡くなっていたとは。

「状態のいいものはリサイクルに出すって業者が言ってたから、この人形もどこかの古物商に売りに出されたのね」

「そうだったんですか……」

「まさか二十年以上たってからこの人形と再会することになるなんて……。こんなにまがしい状態でなければ、なつかしい気持ちになったかもしれないけど」

高島は小さく息を吐いた。

「でも逆に、この人形が呪いの人形でなければ、あたしのところにたどりつかなかったのよね」

物の記憶を読む女は、自嘲《じちょう》のこもった皮肉っぽい笑みを唇の端《はし》にきざむ。

「あの……この人形は、高島さんの家にあった頃から呪われていたんですか？」

柏木は遠慮がちに尋ねた。

「どうかしら。昔はこんなに恐ろしい気をはなってはいなかったと思うけど。でも、あたしが気づかなかっただけなのかも……」

珍しく高島の口調に迷いが満ちている。

妹と両親の事故死には、呪いが関係あるのだろうか。それが一番気になるところだが、さすがに高島に尋ねることはできなかった。

この人形を高島に見せたのは失敗だったかもしれない。そうだ、今からでも、芽衣子の部屋に戻してこよう。犬の行方を探したければ、何か他の物を高島に見てもらえばいい。

「あの、高島さん……」

「わかってるわ。この人形の記憶を読んで、犬の行方と、出火原因をさぐればいいのね」

「いえ、もう、いいです。これは正式な捜査ではなくて、おれの個人的な依頼ですから、無理をしていただく必要はありません。この人形はやめましょう」

「そんなに気をつかわないでも大丈夫よ。それに……」

高島は何か言いかけて、何でもないわ、と、言葉をにごした。

「とにかく、記憶が読めるかどうか、試してみるわ」

高島は手袋をはめたまま、人形の頭に右のてのひらをあてた。両目を閉じる。
二、三秒そうしていたかと思うと、急に高島の身体がびくんとゆれた。眉根がぎゅっと深いしわをきざみ、額から汗がふきだす。呼吸が浅くなり、胸がせわしく上下する。
十秒、十五秒とたつうちに、高島の顔がどんどん蒼《あお》くなっていく。

「高島さん……高島さん……!?」

一種のトランス状態にある人間に声をかけても大丈夫なのだろうか。

柏木はしばらくためらったが、あまりにも高島の様子がおかしいので、我慢できなくなった。

声をかけ、肩をゆさぶる。

「ああ……」

高島はうっすら目をあけた。

「高島さん、大丈夫ですか⁉」

「……ケンタ？」

高島は息を吐くと、頭を軽く左右にふる。

「何だかよくわからなかったわ……」

「え？」

「記憶はね、いっぱい焼きつけられているみたいなんだけど、いろんなヴィジョンが洪水のようにいっせいに押しよせてきて、何が何だか識別《しきべつ》できなかった」

「そうですか」

「この人形、しばらく預からせてもらってもいい？」

「え、でも……」

「たくさん焼きつけられている記憶の中に、犬や火事に関するものもあるかもしれないから」

「ないかもしれませんよ?」

「手がかりがあるかないかは、一通り記憶をさらってみないとわからないわ。それに、ケンタがこの人形を持っていても仕方がないでしょう?」

「それはそうですが……」

高島佳帆に柏木が逆《さか》らえるはずもない。本当にいいのだろうか、という迷いを抱えたまま、高島に呪いの人形を託すことになってしまったのである。

二

古い日本家屋のようだった。

黄土色に陽焼けした古い畳。しみのついたふすま。木枠《きわく》の窓。夕焼け雲が広がる空。山の端に沈みかけた赤い太陽。ところどころ破れた障子《しょうじ》。もの悲しいかなかなの声。埃《ほこり》っぽい臭い。

周囲を見回すと、自分は広い座敷の真ん中で、人形たちに囲まれていた。二十体はいるだろうか。

日本人形もいれば、西洋人形もいる。

男の子、女の子。

着物の子、ドレスの子。

種類はさまざまだが、一つだけ共通していることがあった。

どの人形も、古く、薄汚れており、どこかしら壊れているのだ。

顔にひびが入っている人形。

目玉のない人形。

裂け目から中の綿がはみだしている人形。

衣服が破れている人形。

(佳帆ちゃん)

頭が半分破損し、青い目が片方しかない西洋人形が一歩こちらにふみだしてきた。

(佳帆ちゃんは寂《さび》しい人?)

「え……?　別にそんなことはないけど?」

(ふーん、寂しくないんだ)

人形たちの輪の中でひと際目立っているのは、妹の市松人形だった。小さな朱色の唇から、子供とも大人ともつかぬ声がつむがれる。

高島をじっと見つめる昏《くら》い瞳。

かなかなの鳴き声がひどくうるさい。

首筋を汗がつたい落ちるのを感じる。暑さのせいだろうか、それとも。

（佳帆ちゃんが今一番愛しているのは誰なの？　恋人？　家族？　親友？）

「いないわ。あたしが愛していた人たちは、みんな、もう、いなくなってしまった……」

（嘘。それなら寂しいはずでしょ）

「嘘じゃないわ。ずっと一人でいることに慣れただけ」

（…………）

人形は無表情のまま高島を見つめ続ける。

なぜだろう。背筋が凍るような恐怖感が高島をおそった。


はっと気づくと、暗い寝室のベッドの中だった。

まだ心臓がばくばくと鼓動《こどう》をうち、額や首すじは汗でぐっしょりぬれている。

夢だったのか。

高島はほっとしながら、指先で汗をぬぐった。

妙にリアルな夢だった。畳の色も、蟬《せみ》の声も、それどころか、埃っぽい臭いすらもはっきりと覚えている。

一体あの家は何だったのだろう。行ったことも、見たこともない家だったが。

高島はベッドから起き上がると、フットライトをたよりに冷蔵庫へむかい、白ワインをとりだした。グラスになみなみとそそぐと、一気に半分飲む。

右手にワイングラスを持ったまま寝室へ戻ると、出窓に置いた人形が目に入った。薄暗闇の中、なぜか人形がこちらを見ているような感覚にとらわれる。

この人形の印象が強烈だったせいで、あんな奇妙な夢を見たのだろうか。

高島は呪いの人形を眺めながら、グラスを口もとにはこんだ。

愛しているのは誰、とは、きつい質問だった。

愛していた人たちは、もう、いない。

妹も、両親も、祖父母も、そして、恋人も。

みんな自分をおいて行ってしまった。

ワインを一気にのどに流し込むと、空になったグラスをテーブルの上に置いた。

ショットバーでは手袋ごしだったが、今度は素手で人形の頭にふれてみる。古い人毛の乾《かわ》いた感触。

目を閉じ、意識を右手に集中する。

さっきと同じ。ヴィジョンの奔流《ほんりゆう》である。

流れ去って行くのではない。ぐるぐると高島のまわりで渦《うず》を巻き、どんどん加速していく。

今度は流されるものか。

高島はぐっと奥歯をくいしばると、ヴィジョンのひとつをつかまえ、意識を集中した。

最初はぐにゃぐにゃしていた画像が、次第に鮮明になってくる。

おさげ髪の女の子が、暗い部屋の片隅で人形に語りかけていた。白い丸襟ブラウスに、えんじ色のジャンパースカート。

「お母さまはわたしが嫌いなの」

女の子の両目から涙がこぼれる。

どうやら母親に叱《しか》られたらしい。

よく見ると、左頬が赤くはれている。ひどく殴《なぐ》られたのだろう。

「ううん、違う。わたしがいけないの。わたしが悪い子だから……」

そう言うと、両手で顔をおおい、わっと泣きはじめる。

高島は右手を人形からはなし、目をあけた。

服装から推察して、高島の妹よりも十年か二十年は前の持ち主の記憶だろう。人形にあの強烈な記憶を焼きつけたおさげ髪の少女は、その後、大人になって、人形を手放したのだろうか。

気をとり直して、次のヴィジョンを拾い上げる。

今度は四十前後の女性だった。髪を明るい茶色にそめ、長袖のカットソーの上に、半袖のプルオーバーを重ね着している。

「今夜も帰ってこない……本当に仕事なのかしら……」

ダイニングテーブルの上には、手をつけていない夕食が二人分のっている。時計の針がさしているのは二時。

「いいえ、わかってる。きっとまた新しい女ができたのね……」

女性は立ち上がると、小さくため息をつき、料理をきれいに盛りつけた皿をゴミ箱にはこんだ。

その後もいくつかヴィジョンを拾ってみたが、どれも悲しみや憎しみ、恨みに満ちた記憶ばかりだった。

この人形が持ち主たちに次々と不幸をもたらしたのか、それとも、持ち主たちの負の感情がしみついていき、人形を呪われたものに変えていったのか。

これは長い戦いになるかもしれない。

カーテンをあけると、東の空がしらみはじめたところだった。

三

火曜日は、どんよりとした曇天《どんてん》だった。湿気をはらんだ生暖かい空気が、身体にまとわりつく。

柏木がお宮の間に顔を出すと、高島は自分の席で報告書を作成しているところだった。

「おや、柏木君、どうしたんですか？　二日続けてここに来るなんて珍しいですね」

室長の渡部が新聞から顔をあげる。

「昨夜の研修が思わぬ展開になったものですから……」

「ああ、昨夜遅くにもらったメール読みましたよ。火災の件ですね」

「あ、はい」

実のところ、一番気がかりだったのは高島のことだ。知らなかったこととはいえ、亡くなった妹が持っていた人形の記憶を読むよう、高島に頼んでしまった。しかも呪いの人形である。

「僕も気になったので、早速、捜査資料一式を確認したんですけど、揚げ物中の失火に間違いはないようですね。最初にダイニングキッチンに入った消防隊員が、ガスコンロのつまみが全開になっていたと証言しています。鍋に豆腐の燃えかすが残っていたそうですから、揚げだし豆腐でもつくっていたんじゃないでしょうかねぇ」

「そうですか」

渡部が差し出した書類を柏木は受けとった。

「となると、堀内さんの証言が間違っている可能性が高いですね。自分が死んでいることも気づいていなかったくらいですし、記憶が不完全なのかもしれません」

堀内芽衣子は、料理なんかしていない、と、自信満々で言い切っていたが、やはり天ぷら油火災だったか。死の直前の行動を記憶していないというのは、ままあることである。「人をあやつって火をつけさせることは可能」という、高島の恐ろしい指摘は別として、であるが……。

柏木は自分の席につき、資料にざっと目をとおした。

放火の噂は赤羽署も把握《はあく》していたようで、消防とともに丹念《たんねん》に現場を調べたようだ。しかし、北村の指紋も靴跡もでず、疑わしい点は何一つ見いだせていない。

芽衣子が調理中、何らかの理由で鍋から目をはなしたため火災が発生したのだろう、と、結論づけている。

どうやら、出火当時、堀内芽衣子が買い物に出かけていたということまでは把握していなかったようだ。いや、あくまでも本人の証言が正しければの話だが。

「ところで、犬の死体はやはり見つかっていないんですね。一体どこに消えちゃったんでしょう……」

「犬の死体？　変なもの探してるんだな」

煙草《たばこ》臭い手が、ぽんと柏木の両肩にのせられた。ふりむかないでも、この臭いだけで誰だかわかるくらいだ。

「清水《しみず》さん？」

「よう」

長身に細身のスーツをまとった男は、片手を肩の高さにあげて、にやりと笑った。捜査一課の清水である。清水は柏木が池袋署の刑事課にいた頃の先輩で、本庁に異動になってからは、ちょくちょくお宮の間に顔を出している。ある時は柏木に仕事を押しつけるために、またある時は捜査の息抜きに。

「二代目幽霊係の研修は着々とすすんでいるか？」

清水はすすめられてもいないのに、隣の席の椅子に後ろ向きにまたがった。本来は伊集院の席なのだが、今日も捜査に出かけていて不在なのだ。

「どこでその話を？」

「おれは地獄耳なんだ、と言いたいところだが、さっきたまたま桜井君とトイレで会って聞いたんだよ」

「桜井……」

このおしゃべり小僧め。

柏木が渋い顔でにらむと、むかいの席の桜井は、長い首をすくめて、へへへ、と、ごまかし笑いをした。

「えーと、ほら、シミー先輩はカッシー先輩のお得意さんっていうか、ヘビーユーザーやから、心の準備はしといた方がええんと違うかなー、って思いまして」

シミー先輩というのは、桜井が清水につけた安直なニックネームである。

「そのシミー先輩っていうひねりのないあだ名はいいかげん勘弁してほしいんだが……」

清水はげんなりした様子で、額に手をあてた。

「そうですか？　でもダンディ先輩も嫌やてゆうてましたよね」

「うん。こっ恥ずかしすぎる」

「じゃあ……タバコ先輩？　シガー先輩？　そや、スモーキーとかどないですか？　なんやコードネームっぽいですよ」

「いや、おれは別にスパイでも殺し屋でもないから、コードネームはいらないんだが……。まあいいや、柏木、二代目幽霊係の話を聞かせてくれよ。犬の死体とは関係あるのか？」

どうやら清水は、桜井にもっとましなニックネームをつけさせることを諦めたようだ。

「ええと、池袋署の青田君って、清水さんは知ってますか？　年齢は二十五、六で、所属は生活安全課だそうです」

「うーん、顔は見たことあるが話したことはないな。なにせあそこは千人もいる大所帯だからさ」

「先週の土曜日、急におれの宿舎に訪ねてきたんですよ」

柏木が説明をはじめると、清水は煙草と携帯灰皿をとりだして、机の上に置いた。長時間居座り態勢である。

四

一部始終を柏木が語ると、清水は椅子の背もたれの上に腕を組み、顎《あご》をのせた。

「ふーん、なるほど。犬は見つからないし、出火原因は疑わしいし、呪いの人形まででてきて、大混乱ってわけか」

「はい……。どうにも収拾がつきそうにありません」

柏木は大きくため息をつく。

「いっそその件から手をひくっていうのはどうだ？　放火は噂の域《いき》をでてないし、赤羽署から捜査協力の依頼を受けているわけでもないんだろう？」

さすがは清水、痛いところをついてくる。

「いや、せっかく青田君がやる気になってますから、幽霊に慣れさせるためにも、もうちょっと調べてみたいんです。一緒にがんばろうって約束しちゃいましたし」

そもそもこの件から手を引いたら、青田との接点がなくなってしまう。

「二代目は使い物になりそうなのか？」

「霊能力があることは間違いないです。結花とも堀内さんともちゃんと会話が成立してました。最初のうちは逃げ腰でしたが、後半は積極的に話しかけていましたし」

「ほう」

　うかつな発言で芽衣子を暴走させかけたりもしたが、まあ、初心者ゆえということで皆には黙っていることにしよう。そんなやつは幽霊係にむいていない、などと清水に反対されては困る。

「きっとこのまま経験をつめば、おれよりはるかに優秀な幽霊係になると思いますよ。体力もやる気もあるし」

「そりゃ何より」

口先ではそう言いながらも、清水はにやにや笑っている。徒労に終わらないといいねぇ、と、顔に大きく書かれているのが見えるようだ。

「で、高島さん、人形の方はどんな様子なんですか？」

柏木がなかなかきけなかったことを、すぱっと清水は口にした。

高島はパソコンから目をあげて、長い前髪をかきあげる。

「今のところは、まだ何とも……」

高島にしては歯切れの悪い答えである。

何となく顔色がよくないような気がするが、そもそも顔色がいい高島というのも見たことがない。酔っぱらっている時は別だが。

「あの、もしかして、大変なことになっていたりはしませんか……？」

柏木が心配して尋ねると、高島は肩をすくめた。

「大丈夫よ。今日もこうやって、ちゃんと働いてるでしょ」

再びパソコンにむかい、しなやかな指でキーボードをたたきながら答える。

「それならいいんですけど……」

「人形の記憶を少しずつ読んではいるけど、随分《ずいぶん》古いものみたいね。記憶がたくさん積み重なっていて、必要な箇所にたどりつくまでには時間がかかりそうよ。もっとも、こちらにとって必要な記憶が焼きついているとして、だけど」

「それはわかってます。あの、くれぐれも無理はしないでください」

柏木が言うと、高島は柏木をちらりと見、ふっ、と鼻先で笑った。

「他人《ひと》の心配をする前に、自分の心配をしたら？　ちゃんと病院に行かないと、永遠に胃痛から解放されないわよ」

「うっ」

わかってはいるんですけどね、なかなか時間が……、と、柏木は口の中でもごもご言い訳する。

「じゃあ、人形は高島さん待ちってことで、犬の方はどうなんだ？　そもそも火災の時、まちがいなく犬は二〇二号室にいたのか？」

「少なくとも堀内さんが買い物に出かけた時にはいたみたいですよ。玄関まで見送ってくれたそうです」

どこまで幽霊の証言を信用していいのかは難しいところだが、少なくとも、芽衣子はチャッピーが室内にいると信じているのだろう。でなければ、あんな風に叫び続けたりはしないはずだ。

「ところが、誰も助けた覚えがないのに、犬の死体が見つからない、と」

「いくらなんでも骨すら残らないってことはないと思うんですよ。わりと短時間で鎮火《ちんか》されたみたいですし。それに、その、おれは犬って飼ったことがないんで、これは推測というより希望なんですけど、あれだけ一所懸命飼い主が呼びかけているのが聞こえたら、普通、出てくるんじゃないでしょうか」

我ながら夢見がちな説だな、と、柏木は自分で言っていて恥ずかしくなる。

「犬って幽霊が見えるのか？」

清水が尋ねると、渡部も桜井も興味津々という視線を柏木にむけた。

「わかりません。猫はたいてい見えているみたいなんですけど。今度、伊集院さんにきいてみます。でも、少なくとも、犬も死んで幽霊になったら、人間の幽霊が見えるんじゃないでしょうか？　あくまでも想像ですが」

「ふうん。まあうちのバカ猫に及川結花嬢が見えるくらいだから、犬にも幽霊くらい見えるかもな」

清水家の愛猫シッポは、結花を見つけると興奮して、フーフーシャーシャーと大変である。結花がまた面白がって、からかうせいもあるのだが。

「でも、今のところチャッピーは出て来ていません。それはつまり、チャッピーが生きているから、堀内さんの声が聞こえないとか、声が聞こえても、たとえばどこかに保護されているとかで、あの部屋に戻れないんじゃないかと……完全に妄想の世界ですね、すみません」

「死体が見つからない以上、どこかで生きているという仮定は、間違っていないと思いますよ」

オカルト好きの室長は楽しそうに言う。

「自力で脱出したとしたら、どこから逃げたんだろうなぁ。消火ホースを通すために、ある程度、ドアや窓は開けっぱなしにしていただろうから、そこから逃げたのかな……」

間取り図を見ながら、清水は首をひねった。

「たぶん、そうだと思います」

「保護って言えば、保健所や動物愛護相談センターには連絡してみたのか？」

「はい。今朝電話して、ここ一ヶ月で捕獲された犬の情報を調べてもらったのですが、幸いヨークシャー・テリアのオスはいませんでした」

「そりゃよかった」

万が一チャッピーがとっくに薬殺されていた場合、芽衣子になんと伝えたものか、言葉に困るところだった。

「チャッピーらしき犬を捕獲したら連絡をください、と、頼んでおきました」

「ふむ」

「とはいえ、行方不明になってもう一ヶ月ですからね。今さらどこかで捕獲される可能性は低いと思いますが」

地方であれば、脱走した犬が、山林で野良生活を謳歌《おうか》することも可能だが、東京二十三区内では隠れ住む場所も無いし、かなり難しい。柏木が初めて東京に出てきた時に驚いたことの一つが、野良犬をまったく見かけないことだった。登録管理と捕獲が徹底しているのだろう。住宅街や公園でしばしば野良猫と出会うのとは、対照的である。

「そうですかね!? もしかしたらお寺や神社の床下でこっそり隠遁《いんとん》生活をおくってるかもしれませんよ? もしくは荒川土手の草むらに潜伏《せんぷく》中とか」

柏木に異を唱《とな》えたのは桜井である。

「餌《えさ》がないだろう」

「その気になれば鳩《はと》でもカラスでも獲《と》り放題やないですか」

「ヨークシャー・テリアが鳩を獲れるかなぁ。すずめくらいなら、ありかもしれないけど」

「大ありですよー！」

「飼い主がいない犬や猫を、ボランティアで保護している人や団体がいますよね？　そういうところにもあたってみましたか？　飼い主を募集している犬の画像や特徴が、ホームページに掲載されていると思いますが」

さすがに渡部の意見は桜井よりはるかに現実的だった。

「それはまだです」

「桜井にチェックしてもらえば？」

あいかわらずパソコン画面に目をやったまま、高島が言う。

「えー、なんで僕なんですか？」

桜井は口をとがらせて抗議した。

「高島君は、君の情報収集能力を高く評価してるんですよ」

「ほんまですかぁ？　まあええですけど。もう一度犬の特徴を教えてください」

渡部のよいしょに気を良くして、桜井はいそいそとメモをとる。

「あとは周辺の棟からはじめて、段階的に聞き込みの範囲を広げていくしかないですね」

柏木が言うと、清水は顎にたくわえた短い鬚《ひげ》をなでた。

「下手をしたら長期戦になるかもしれないな。出火原因をはっきりさせて、おれたちがすっきりするためにも、犬には無事でいてほしいところだが」

清水の正直な言葉に柏木は苦笑した。

別に北村の罪をあばきたいとか、逮捕したいなんて目論《もくろ》んでいるわけではないのだ。調理中の失火なら失火でいい。長年刑事を生業《なりわい》にしてきた者の習性だろうか。とにかくすっきりしないと、靴の爪先に小石が入ってしまったようなイライラ感がある。

「今のところ、柏木君の心証としては、幽霊の証言よりも現場検証の方が信用できそうですか？」

渡部がおいしそうに宇治の玉露をすすりながら尋ねた。

「はい、その……生きている人間も幽霊も基本は一緒、と言うと変ですが、まだどのくらい堀内さんを信じていいのか、確信がもてません。記憶もあいまいなところがあるようでしたし、嘘をついている可能性もあります」

「北村さんにも聞き込みに行ったんですよね？　シロだと感じましたか？」

「そうですね。北村さんは、こっそり放火して逃げるようなタイプには見えませんでした。むしろ、あえて堀内さんが在宅の時を狙うんじゃないでしょうか？　目の前で灯油をまいて、おれさまの怒りを思い知れ！みたいな感じで火をつけそうな気が……あくまでも私が受けた印象ですけど」

北村という男は、堀内さんだけではなく、隣の佐々岡さんにも怒鳴り込んでいたというし、自分の権利を主張することに、ためらいがない気性のようだった。もちろん一度、ほんの短時間話しただけの印象なので、間違っているかもしれないが。

「ふむ。なかなか面白い見方ですね」

渡部はこめかみにすらりと長い人さし指をあてた。

「犬の写真、ほんまにないんですか？」

桜井が未練がましい口調で言う。ネットで検索するだけではものたりないようだ。

「ああ、アルバムの写真は全滅だった。デジカメも探しだしたんだけど、うんともすんともいわなくなってたよ。たぶんデータは絶望だろうな」

「ちぇっ。じゃあ携帯電話かパソコンに画像データが残ってたりはしなかったんですか？ブログやSNSは？」

「堀内さんの携帯は通話専用のタイプだし、パソコンにいたっては持ってすらいなかったよ」

「そうなんや……」

「パソコンがないのか？」

清水が背もたれにのせていた顔をあげた。

「ということは、写真のプリントアウトはどこかの店に頼んでたってことか？　それともパソコンがなくても写真を印刷できるプリンターを使ってたのか？」

「プリンターは見かけませんでした。お店にだしてたんじゃないでしょうか？」

「どこで現像にだしていたか堀内さんにきいてみたらどうだ？　運が良ければ、店に画像データが残ってるかもしれないぞ」

「ああ、なるほど！」

「まあ普通は残ってないけどな」

清水は煙草をくわえたまま、にっと笑った。

「……一応、近々行ってみます」

「カッシー先輩、がんばってください！　差し入れのひやしあめです」

「ありがとう……」

桜井に差し出されたひやしあめの瓶をつい受け取ってしまった。相当心が弱っている証拠だ。

前途多難だなぁ。

いやいやこれも、もうしばらくの辛抱《しんぼう》である。青田に幽霊係を譲《ゆず》るまで、あとちょっとだけがんばろう。

柏木は固い決意とともに、うん、と、一人でうなずいた。

第四章　犬と人形と幽霊と

一

三つ違いの妹は、自分とは違い、元気でおてんばな女の子だった。

「やっと会えたね、お姉ちゃん」

屈託《くったく》のない笑顔で、妹は小さな手を差しのべてきた。縁側《えんがわ》に腰かけ、サンダルをはいた足をぶらぶらさせている。黄色い水玉模様のサンダルは、妹のお気に入りだった。

高島がためらいがちに右手をさしだすと、指先をぎゅっと握りかえしてきた。あたたかい手だ。

高島も妹の隣に腰をおろす。

妹の夢は久しぶりだ。

高島は周囲を見回した。

夕焼け雲、縁側、たたみ、障子《しょうじ》。

かなかなの乾いた鳴き声。

この古びた日本家屋の座敷は、以前見たことがあるような気がする。どこだっただろう。思いだせない。

「美帆《みほ》ちゃん……パパとママもここにいるの？」

「ううん。だから、寂しいの。お姉ちゃんがここに来てくれて嬉しい」

両親と妹は、自動車事故で一緒に亡くなった。病弱な高島が伊豆《いず》で長期療養していた時、東京から見舞いに来る途中の事故だった。

「美帆ちゃん……」

もし自分が伊豆で療養なんかしていなければ、あんな事故はおこらなかったかもしれない。

父も、母も、妹も、今でも生きていたかもしれない。

そんなもしもを考えるのは無意味だとわかっていても、つい、考えずにはいられない。

あたしのこと、恨んでる？

尋ねようとしたが、声にならなかった。

「お姉ちゃんは、寂しくない？」

足をぶらぶらさせながら美帆がきく。

「あたしは大人だから、一人でも大丈夫よ」

さらさらのおかっぱ頭に手をのばす。

「いいな、お姉ちゃんは大人で……」

「美帆ちゃん……」

「あたしも大人になりたかったな」

妹は地面を見ながら、唇をとがらせた。妹の頭をなでる手がとまる。

「……ごめんね」

高島は妹の頭に腕をまわし、抱きしめたかった。だが、身体が凍《こお》りついたように動かない。

つい、視線をそらしてしまう。

「本当は誰か好きな人がいるんでしょ？　その人の心は欲しくない？」

「え？」

急に妹の髪がのび、冷たく、ぱさついた感触になる。

「美帆ちゃん……!?」

驚いて隣を見ると、高島がなでているのは人形の頭だった。

「教えて。お姉ちゃん。それは誰？」

小さな朱色の唇がぱっくりと割れる。

口の中にひろがっているのは闇。

目が覚めると、暗い寝室だった。

心臓が早鐘《はやがね》をうっている。

またかと思う。

このところどうも夢見が悪い。

疲れているのだろうか。いや、そんなのはいつものことだ。

高島は舌打ちすると、ベッドから身体をおこした。

カーテンのわずかな隙間からもれる月光が、人形を照らしだしている。

そうだ、思いだした。あの日本家屋は、実際に訪れたことがある場所ではない。この前の夢で見た、大勢の人形がいた家だ。

「美帆の夢はおまえの仕業？」

高島は腕組みして、人形の昏《くら》い瞳をにらみつけた。

もちろん人形は何も答えない。

小さな口をわずかにあけた人形の顔が、うすら笑いをうかべているように見え、床にたたきつけてやりたい衝動にかられる。

高島はぎゅっと両手を握りあわせ、落ち着け、と、自分にいいきかせる。

この人形は亡くなった堀内芽衣子の財産だ。いくら腹が立ったからといって、壊すわけにはいかない。それに、柏木からの依頼もまだ果たせていない。冷蔵庫から白ワインのボトルをとりだし、グラスにそそぐ。この調子では、明日には空にしてしまいそうだ。また買い足しておかなくては。

グラスのワインを一気に飲みほすと、人形の前に立った。

右手を小さな頭にのせる。

目を閉じると、右手に意識を集中した。

てのひらからヴィジョンの渦《うず》が流れこんでくる。

「今日、お母さんの病院に行ったんだよ」

八歳くらいの女の子が話している。セミロングの髪に、ピンクのパジャマ姿だ。顔をこちらにむけているが、これは、人形に語りかけているのだろうか。それとも、人形を抱えている誰かだろうか。

「お母さん、また身体にいろんなものつけたまま寝てた。それで、あたしが、お母さんって何回よびかけても、起きなかった。お母さんは疲れてるから、ゆっくり寝かせてあげなさい、って、お父さんが言うから、起こすのをやめたんだけど……」

女の子は不満そうに頰をふくらませた。いろんなもの、というのは、点滴のチューブやモニターのコードのことだろうか。どうやら母親は重篤《じゅうとく》な状態らしい。

「お母さん、いつになったらおうちに帰って来られるのかな？」

何か思いついたのか、大きくうなずく。

「そうだよね、いろいろくっつけられてるから、おうちに帰れないんだよね」

ぱっと明るい顔になった。

「わかった。今度、誰もいない時に、こっそりはずしてあげる」

高島は手を人形からはなすと、目をあける。

今のは一体、どういうことだろう……？

二

何だかんだで忙しく、柏木が青田とともに再び赤羽の団地を訪れたのは、翌週の月曜日であった。

カレンダーはすでに十月に入っている。

いつもは月曜は本庁に行くのだが、人形のことが気になるので、高島が来るはずの火曜日に変更したのだ。

昼さがりの団地は、思いのほかにぎやかだった。青田が言っていた通り、小学校と保育所の子供たちの声が、団地の外まで聞こえてくる。

夜来た時には気づかなかったが、団地の入り口に、犬猫の飼育を禁止する看板が立てられていた。横幅が三メートル以上はある。ここまで大きな看板が必要だということは、芽衣子以外にも規約に反している住人が大勢いるにちがいない。

五十六号棟の前まできて二階を見上げると、子供の声に負けじと、芽衣子が大声を張りあげていた。もちろん、チャッピーを呼んでいるのである。

「ここ一週間ずっとこの調子ですよ。幽霊って元気すぎませんか？」

青田は辟易《へきえき》した様子で柏木にこぼした。恐怖をあまり感じなくなったぶん、うるさくて仕方がないのだという。

「堀内さんってたぶん、生きていた時からエネルギッシュな人だったんだと思うよ」

「そうなんすかねぇ。あ、堀内さんといえば、ちょっと気になることがあるんです。この前の土曜日がコーラス同好会の練習日だったんで、堀内さんのことを聞きにいったんですよ。もしかしたらチャッピーの写真を持ってる人がいるかもしれないと思って」

「へえ、どうだった？」

青田のこのフットワークの軽さはたいしたものである。

「残念ながら写真はだめでした。しかも、ここ半年ばかり、堀内さんはコーラス同好会には顔を出してなかったっすよ。同好会の会長さんがたまたま自治会の副会長さんで、犬のことで規約を守るようにやんわり注意したら、堀内さんはぱったり練習に来なくなったそうなんです」

「ああ……」

「堀内さんは他のサークルには入ってないし、親しい友だちもいなかったみたいなので、チャッピーの写真を持っている人はいそうもないですね」

「そうか」

親ばかなことはしない、と、本人は言っていたが、実のところ、犬の写真をあげる相手がいなかったのかもしれない。

「ところで柏木さん、北村が二〇二に侵入した方法がわかりました」

「えっ？」

「きっとベランダづたいに侵入したんですよ。ベランダは隣とつながってるから、仕切りを乗り越えれば、二〇三から二〇二に入れるはずです」

青田は自信満々である。

だが実際に五十六号棟の裏側からベランダを確認してみると、隣とはきっちり天井近くまで仕切られていた。とても乗り越えられる高さではない。しかも二〇二号室のベランダには、洗濯機とエアコンの室外機を取り巻くようにして、植木鉢やプランターがびっしり並べられていた。手すりの大部分は厚さ十センチほどのコンクリート製なのだが、一部鉄パイプになっている箇所もあり、ここぞとばかりに小さなプランターがいくつも針金でくくりつけられている。

「ここをベランダづたいに侵入するのは無理だろう」

「あれっ⁉　何でだ⁉　うちの棟はベランダの仕切り、こんなに高くないっすよ⁉」

よほど自信があったらしく、青田はショックを隠しきれないといった様子である。同じ団地内でも、いろんなデザインが混在しているのだと自分で言っておきながら、うっかり忘れていたらしい。

「じゃあ、ベランダまではしごをかけたっていうのはどうですか？　二階だから十分届きますよ」

青田はまだ北村放火説をあきらめきれないようだ。

「はしごは十分届くだろうけど、朝っぱらからそんなことをしている人がいたら、絶対に人目につくと思わないか？」

五十六号棟は団地の入り口近くに建っているため、駅と団地をむすぶ坂道から丸見えなのである。

「わかった、きっと夜中のうちにはしごを使ってベランダにしのびこんだんっすよ！　で、堀内さんが出かけるまでじっと身をひそめていた、と」

「よくもまあ、次から次へと思いつくもんだなぁ……」

「頭の回転は速いって、よく彼女にもほめられるっす」

決して柏木はほめたわけではないのだが、青田はちょっと照れたように、人さし指で頬をかいている。

「青田君、彼女いるんだ」

「同じ署の交通課の娘《こ》です。このまえとうとう婚約指輪を注文させられちゃいました」

ごっつい男のくせに、顔がにやけまくっている。携帯電話にぶらさげている交通安全のお守りも、彼女とおそろいなのだそうだ。

「へえ、そうなんだ。おめでとう」

「ありがとうございます。柏木さんは彼女はいないんですか？」

「そもそも出会いがないからね……。所轄は女性がいっぱいいてうらやましいよ」

本庁にも女性がいないわけではない。部署によっては大勢いると言ってもいい。ただ、柏木とはまったく接点がないのである。

強いて言えば高島が独身だが、酒乱でキス魔で武術にたけた先輩刑事なんて、怖すぎるではないか。

「そうだ、柏木さんにはあのきれいな幽霊の女の子がついてるじゃないでっか」

「ついてるっていうか、取り憑かれてるんだけど」

「むさいおっさんに取り憑かれるよりは全然いいっすよ！」

力強く言いきった青田の口もとが、ゆるんでいる。きっと自分では、「絶妙のフォローだ。グッジョブ」とでも思っているにちがいない。

「そうだね……」

ははは、と、柏木は弱々しい笑いで応えた。

「でもベランダからの侵入はないと思うよ」

「え、どうしてですか？」

「窓は絶対あけっぱなしにしないって、堀内さんが言ってたじゃないか。捜査資料にも、ベランダ側の窓とドアは鍵がかかっていたって書いてあったし」

「空き巣のように窓を割って侵入したのかもしれませんよ？」

「窓が割れていたら、消防が入った時、一目瞭然《いちもくりょうぜん》だろう」

「そうっすね……」

青田はしょんぼりと肩をおとした。

とにかく青田は思いついたことを全部口にしないと気がすまないタイプらしい。そんなこと、ちょっと考えればわかることだろうという言葉が喉《のど》まで出かかるが、ぐっと我慢する。せっかく本人がやる気まんまんなのだ。二代目幽霊係のやる気をくじくようなことを言ってはいけない。

二人は青田が借りている合い鍵で二〇二号室に入った。窓もドアもずっと閉めきっているので、昼間はじっとりと蒸し暑く感じる。

前回は懐中電灯だったが、今回は窓からさんさんと陽光が入ってくるので、火災の被害状況がはっきりわかる。夜に来た時よりも室温が高いせいか、焦げ臭さが鼻につき、かなりつらい。

「堀内さん、こんにちは」

四畳半の部屋に入り、声をかけると、幽霊はぱっとふりむいた。明るい陽射しの中で、半透明の姿はちょっと見えにくかったが、それでも嬉しそうな顔をしているのはわかる。

(あらっ、刑事さん。やっとチャッピーが見つかったの⁉)

「あ、いえ、まだです。すみません」

(じゃあ、このまえ持って帰った人形からは何かわかった？)

「それもまだ調べてもらっている途中です。いろいろ難しいみたいで……」

(なーんだ。それじゃあ一体何しに来たわけ？)

柏木が謝ると、幽霊は不満顔で両手を腰にあてた。

「もしかしたら、何かいわくつきの人形かもしれないので、以前の持ち主を調べたいのですが……」

「それってつまり、呪いの人形ってことっすか⁉」

すっとんきょうな声をあげたのは青田の方だった。

おいおい、持ち主の前で何てことを言うんだ。いや、その通りではあるのだが。

「うーん、まあ、念のためだよ」

「そうか！　だから火事になったんだ！」

（ええっ、そうだったの⁉）

幽霊までつられて興奮している。

「北村放火説を柏木さんがずっと否定しているから、変だなと思ってたんすよ。そっか、柏木さんは、人形の呪いのせいで火事になったたって考えてたんすね⁉」

「いや、そういうわけじゃ……」

柏木はくらくらしてきた。

（あらあら、柏木さん、若いのに迷信深いのねぇ。たしかに魂がやどってるんじゃないかって思えるくらいの、見事な人形だったけど）

「え、ええと……」

どうしよう。呪いで火事になんてなるわけがない、と、きっぱり否定したら、また放火説をむしかえされるだけだ。青田はともかく、幽霊には隣人に危害を加えるだけの力があるかもしれないから、ここは人形のせいにしておいた方が無難かもしれない。

「まあ、その、いろんな可能性を視野に入れつつ、詳しく調べて……」

「やっぱりそうなんすね！」

（んまー！　何てこと‼）

二人とも、ちっとも話を聞いてくれない。柏木は途方にくれながら、じわっと痛みはじめた胃を左手でおさえた。

「それで、あの人形をどこで買ったか覚えておられますか？」

（えーと、確か、十条《じゅうじょう》商店街のリサイクルショップよ。お店の名前は忘れちゃったけど、十条駅から歩いて二、三分のところにあるお店で、ヒマワリの看板が出ていたと思うわ）

「わかりました」

柏木はいつものように手帳にメモをとる。

「あと、チャッピーちゃんの写真をプリントしたお店を教えていただけますか？」

（駅前にあるスピードプリントのお店よ。一時間でやってくれるところ）

どうやら芽衣子は店の名前を覚えるのが苦手らしい。まあ、地元在住の青田もいることだし、なんとかなるだろう。

「わかりました。ちょっと行ってきますね」

（がんばってね！）

幽霊は大きくうなずいて二人を送りだしてくれた。

三

　十条商店街のリサイクルショップは、後でネットで探すことにして、まずは近くにある写真プリントの店に行ってみることにした。

「駅前にあるスピードプリントの店っていうと、ここっすね」

　青田が案内してくれたのは、赤羽駅のそばにある、一時間で写真ができあがるのが売りの小さな店だった。カウンターの後ろには大きな時計がかけられていて、現在の時刻と仕上がり時刻が表示されている。

「ああ、堀内さん。覚えてますよ。月に一回はご利用いただいてましたから」

　店員の若い女性が芽衣子のことを覚えていた。それにしても、月に一度とはかなりの頻度である。犬の写真をとりまくっていたのだろう。

「画像ファイルは残っていませんか？」

「すみません、うちでは保管していないですね」

「そうですか……」

「何かお写真が必要だったんですか？」

「ええ、その……」

写真を透視するためとは言えない。

「堀内さんが飼っていた犬が行方不明なので、ポスターを作りたいんですけど」

まるまる嘘というわけではない。半分は本当のことである。

「えっ、あのかわいいワンちゃんが⁉」

「チャッピーを見たことがあるんですか？」

「実物に会ったことはありませんけど、写真はよく堀内さんが見せてくれました。ほら、お持ち帰りいただく時、まちがって他の人の写真が袋に入っていないかどうか、中を確認していただくじゃないですか。その時、これがうちの子なのよって見せてくださって」

「ああ、なるほど」

「そうそう、ワンちゃんのトートバッグを特注されたこともありましたよ」

「トートバッグ？　このお店でですか？」

たしかトートバッグというのは、手さげのついたバッグのこじゃれた言い方だと思ったが、最近ではスピードプリントの店でそんなものまで売っているのか。

「ええ。お気に入りの写真をTシャツやバッグにプリントするサービスがあって、ペットを飼ってらっしゃる方に大好評です」

要するに年賀状だけではあきたらず、いろんな物にペットの写真を入れて持ち歩きたい飼い主がたくさんいるということらしい。

「堀内さんが注文されたバッグの特徴を教えていただけますか？」

「えーと、たしかこのサイズだったと思います」

店員は「Lサイズ」と書かれたキャンバス地のバッグを持ってきた。縦横がそれぞれ四十センチ以上もある大きなもので、真ん中に仔猫《こねこ》の写真がプリントされている。布の上へのプリントなので、通常の写真にくらべると多少の粗さはあるが、とにかくこれも写真の一種に違いはない。

柏木と青田は店員に礼を述べると、早速、幽霊の待つ団地に戻った。

二人が五十六号棟の二〇二号室に入ると、幽霊はさすがに不審そうな顔になった。

（また来たの？　あなたたち、ちゃんとチャッピーを探してくれてるんでしょうね。そもそも……）

「チャッピーのバッグはどこですか？」

青田は強引に幽霊の話をさえぎる。

（チャッピーのバッグ？）

「今、スピードプリントのお店で聞いてきたんですけど、堀内さんは以前、チャッピーちゃんの写真をプリントしたバッグを作ったことがあるそうですね」

（ああ、あれね！）

柏木が丁寧に説明すると、芽衣子はようやく思いだしてくれたようだ。

(でも、あれはだめじゃないかしら)

「燃えてしまったんですか⁉」

(うーん、燃えてはいないと思うけど……あー、でも、どうかしら)

幽霊は片手を頰にあて、珍しく困り顔になった。

「とにかくどこにあるのか教えてください」

(いつもは六畳の押し入れにしまってあるんだけど)

六畳間に行ってみると、押し入れのふすまは真っ黒で、プラスチックの衣装ケースもすっかりゆがんでしまっている。これはだめかもしれないと思いながらも、三十分かけて押し入れの中のものを確認してみたが、トートバッグらしいものはでてこない。

結局、押し入れではなく、玄関の近く、浴室の入り口あたりで、無残《むざん》な姿のトートバッグが発見された。といっても、火事のせいではない。単にボロボロなのだ。

プリントのインクは半分近くはがれ、特に顔周辺はほとんど残っていない。しかも洋服を着せられているため、手足が茶色いことは確認できたが、背中や腹の毛色はさっぱりわからないのである。その上バッグのあちらこちらに小さな穴があいており、なぜ捨てなかったのか不思議なくらいだ。

「これは一体……」

柏木は思わず絶句してしまった。

（そうだわ、今度捨てようと思ってたから、玄関に持ってきといたんだった。すっかり忘れてたわ）

芽衣子は、ぽん、と、両手を打ちあわせた。といっても幽霊なので音はしないが。

「いや、玄関で見つかったことを言っているわけではなくて……」

（ああ、ボロボロだってこと？　だから言ったじゃない、だめだって。あなたたちが勝手に探したんでしょ）

「何か……特殊な使い方でもなさったんですか？」

（もともとチャッピーがじゃれついて、かじったり、ひきずったりしてかなり傷んでいたところを、うっかりあたしが洗濯機で洗っちゃったのよ。みっともないから、最近では、チャッピーを病院に連れて行く時くらいしか使ってなかったわね）

「はあ」

「柏木さん、どうしますか？」

「うーん、まあ、でも、今のところこれが唯一の写真だし、だめもとで、明日、桜井に頼んでみるよ」

「そうそう、だめもとの精神って大事ですよね！」

（よろしく頼んだわよ）

若い刑事と幽霊は、まったく期待していなさそうな顔で、柏木にバッグを託したのであった。

四

火曜日はあいにくの雨だった。いっきに気温がさがり、地下鉄の中でも、上着をはおった人が多い。

柏木がお宮の間に顔を出すと、珍しく四人全員がそろっていた。

「柏木ちゃん、お久しぶり」

にこにこしながらぺパーミントのハーブティーをだしてくれたのは、隣りの席の伊集院馨警部補である。今日は薄紫のブラウスに、赤紫のフレアーパンツをはいている。首の後ろでつややかな黒髪をくくっているリボンも、赤紫だ。紫を愛する伊集院なりの秋色なのだろうか。

それにしても、ごつい中年男でも入るサイズのひらひらフリフリした服を、伊集院は一体どこで買ってくるのだろう。もしかしたら自分で縫っているのかもしれない。

「伊集院さん、どうしたんですか？　今日は火曜日なのに」

「先週ここに来た時に、犬探しで柏木ちゃんが苦労してるって、桜井ちゃんが教えてくれたのよ。犬と聞いたら、あたしも黙っていられないでしょ」

伊集院は両手で頬をはさみ、かわいらしく首をかしげた。残念ながら両手の間にはがっつり割れた顎があるのだが、それは気にしてはいけない。

「ご心配おかけしてすみません」

「で、二代目幽霊係さんの調子はどうなの？」

「そっちが本命ですか？」

「いやーん、そんなわけないじゃない、ほほほ」

伊集院はぺちっと柏木の肩をたたいた。意外な力に、柏木はよろけてしまう。

「カッシー先輩、お疲れさまです。ネットでヨークシャー・テリアのオスを二匹見つけましたよ」

桜井は、プリントアウトした紙とひやしあめを、いそいそと持ってきた。柏木は「ありがとう」と笑うと、紙だけを受け取る。

「こっちも写真らしきものを入手したよ」

「らしきもの？」

「これなんだけど……」

柏木が取りだしたのは、幽霊から借りてきたボロボロのトートバッグだった。

「な、なんなんですか、これ」

「堀内さんがうっかり洗濯機で洗っちゃったり、犬がじゃれついてかじったり、いろいろあったそうなんだ」

「うはー」

「とりあえず、読めるかどうか試してもらえるかな？」

「いいですけど」

桜井は短い蠟燭《ろうそく》にマッチで火をつけると、蛍光灯を消した。警視庁には不似合いな甘い香りが室内にただよう。

桜井はバッグを左手に持つと、目を閉じた。蠟燭の炎が彫りの深い横顔に、ゆらゆらと影をおとす。

「あれっ⁉」

突然、桜井は大声をあげた。

「この犬、ヨークシャー・テリアやないですよ！」

「ええっ⁉」

「たしかに茶色の小型犬ですけど、これは雑種ですねぇ」

「でも飼い主の堀内さんが、ヨークシャー・テリアだって断言したんだよ」

「うーん、じゃあ最近になって毛をカットしたんかなぁ……でも顔も全然ヨークシャー・テリアっぽくないし、言いにくいんですけど、カッシー先輩、だまされたんとちゃいますか？」

「そうなのか……」

　これまで桜井に透視してもらって、はずれたことは一度もない。幽霊が嘘をついたのか、勘違いしていたのかは判然としないが、桜井が雑種にしか見えないというのなら、チャッピーは雑種なのだろう。

「それで、チャッピーは今どんな場所にいるんだ？」

「えーと、子供がいる家庭で飼われてますね」

「子供？」

　まさか隣の二〇一号室だろうか。

「小学生くらいの女の子が見えます」

　長谷川家の子供は、二人とも男の子だから違う。

「一戸建てか？　それとも集合住宅か？」

「うーん、室内としかわかりません……」

「何か特徴的な家具はないか？　窓から見える景色はどうだ？　床はフローリングか？　それとも畳か？」

「いやー、この写真やと、そこまでは全然見えません」

　桜井は目をあけると、頭を左右に振った。

「やっぱりもっと鮮明《せんめい》な画像じゃないとだめか」

「すみません」

いつもの桜井ならもう少し細かい情報をくれるのだが、このボロボロのプリントではこれが限界のようである。

「いやいや、生きていることがわかっただけでも大収穫だよ。ありがとう。とりあえず元気なんだな？」

「あ、えーと、右の前脚にちょっと灰色のもやがかかってました。怪我でもしているかもしれないです」

「怪我⁉」

「詳しくは見えへんのですけど、この犬、火災現場から逃げだしたんですよね？　ひょっとしたら、その時、火傷でもしたのかもしれません」

「それが本当なら、動物病院をあたってみるのもありだな」

「それですよ、カッシー先輩！」

「このトートバッグを持って、赤羽周辺の動物病院を片っ端からまわってみるか。青田君に頼んでもいいし」

柏木は手帳にメモをする。

「ところで、高島さん、例の日本人形の方はどうですか？　何か記憶は読み取れましたか？」

柏木は、なるべくさりげなく尋ねてみた。

「いくつか読めたんだけど、歴代の持ち主の古い記憶ばかりね。堀内さんに関する記憶にはまだあたってないわ」

「そうですか。随分お疲れのように見えますけど、大丈夫ですか？」

高島は軽く肩をすくめる。

「ちょっと昨夜飲みすぎて、二日酔いなのよ」

「二日酔いはいつものことやないですか。けど今日の高島さんは、そんな顔とちゃいますよ？」

「ちょっとエステにでも行ってきたら？　目の下のクマって、一度沈着するとなかなか消せないから、気をつけないと」

桜井と伊集院に「いつもの二日酔いの顔とは違う」と異口同音《いくどうおん》に指摘され、高島は目をしばたたいた。

「そういえばあなたたちも、一応、刑事だったわね」

さらりと失礼なことを言う。

「もしかして、あの人形のせいですか？」

柏木はおそるおそる尋ねた。

「人形とは関係ないわ。夢見が悪くて、熟睡できない夜が続いてるだけ」

「あら、それこそが呪いかもしれないわよ？　周辺の人間を眠らせないなんて、恐ろしい呪いじゃない？」

「だとしたらかなり珍しいタイプの呪いだわね。あたしはそんな呪い、聞いたことないけど」

あくまで人形と寝不足は関係ないと、つっぱねる気らしい。

「ところでケンタ、あの人形の来歴は何かわかった？」

「堀内さんの前の持ち主はわかりました」

柏木は手帳のページを繰った。

「リサイクルショップに電話で確認したところ、あの人形を売りにきたのは、河原広樹《かわはらひろき》という男性だそうです。店の伝票に連絡先が残っていたので、今度、話を聞きにいってみます」

「明日がいいわ」

なぜか高島も自分の手帳をひらいている。

「え？」

「明日の午後ならあたしの予定をやりくりできるから、明日の午後にして」

「高島さんもいらっしゃるんですか？」

「直接持ち主の話を聞きたいから。明日ケンタが忙しいなら、あたし一人で行ってもいいわよ」

「ええと、おれは……」

柏木は窓側に顔をむけ、渡部の指示をあおいだ。

渡部は新聞から顔をあげ、ふむ、と、つぶやくと、こめかみに手をあてる。

「柏木君に来ている捜査依頼は、結構急ぎなんですけどねぇ。まあでも、二代目さんの研修課題になっている案件ですし、なんとか調整してみましょう」

「お願いします」

柏木と高島は同時に頭をさげた。

第五章　寂しい人間と寂しい人形

一

かなかなの鳴き声。夕焼け雲が広がる西空。陽焼《ひや》けした畳にふすま。

またいつものあの夢だ。

薄暗い一画に、男が一人うずくまっている。

「佳帆」

男は大きな右手をさしのべてきた。

見間違えようのないなつかしい顔に、低くあたたかな声。

心臓が凍りつきそうな苦しさと、爆発しそうな興奮が一度に押しよせてきて、言葉がでない。

「久しぶりだね、佳帆」

大きな手が高島の頬にふれた。

夢なのにあたたかい。

違う。

夢だからあたたかいのだ。

「紘市《こういち》……」

震える唇から、小さな声をしぼりだす。

「元気だったか？」

「ええ」

高島は小さくうなずいた。

初瀬《はつせ》紘市は、高島佳帆と同期の警察官で、気の置けない飲み仲間で、そして、優しい恋人だった。七年前に駅のホームから転落死するまでは。

出会いは丸《まる》の内《うち》署の刑事課だった。

男のくせに、ゆで卵のようにつるつるの肌をしていた。大きな鼻に、大きな目。口の端からちらりとこぼれる八重歯。つむじが二つあって、いつもてんでな方向にはねている、ぱさぱさの髪。十年以上かえていない流行遅れの眼鏡。

高島が神経質なくらい完璧に仕事をこなそうとするのに対し、初瀬はわりとおおざっぱだった。

高島が酒だけを飲みたがるのに対し、初瀬は必ず酒と共に大量の肴《さかな》を注文した。高島が同僚や友人知人とも一歩距離をおいた淡泊な人間関係を好むのに対し、初瀬はやたらにお節介で、家族思いの上に友人思いな男だった。

高島が実用書や専門書を好んで読むのに対し、初瀬は漫画しか読まなかった。それもSFやファンタジーなどの荒唐無稽《こうとうむけい》な話ばかりだ。

何かにつけてそりのあわない男だったが、とにかく酒好きの酒飲みという点で気が合い、いつしか非番の日にも待ち合わせて、一緒に旨《うま》い酒を飲みに出かけるようになっていた。

ずっと飲み友達だと思っていた初瀬に、恋人宣言をされたのは、入庁二年目の夏、張り込み中の車内だった。

「君はどうも毎回記憶をなくしてしまうようだから、はっきり言っておく。君は酒乱だ。へべれけに酔っぱらって僕の唇を奪った回数は、両手に余る。だから責任をとって婿《むこ》にしてくれと言いたいところだが、僕は寛大な男だから、恋人で赦《ゆる》してあげよう」

この男は一体何を言っているのだろう。

「……昨夜の大吟醸《だいぎんじょう》が残ってるの？」

「一滴も残ってない。それに君と違って、どんなに飲んでも僕は正気だ」

「それは酒に対する冒瀆《ぼうとく》よ」

「それは認める」

にこにこ笑いながらそう答えた時、初瀬の顔は、鼻がぶつかりそうなくらいの至近距離にあった。

「張り込み中よ？」

鼻のてっぺんを人さし指で押し返そうとしたが、右手ごと、おおきなてのひらでつつみこまれてしまう。

「一分だけ休憩しよう」

重ねられたやわらかな唇の感触は、たしかに記憶にあるものだった。初瀬が高島の部屋に泊まっていくようになったのは、それからほどなくしてのことである。

もともと性格がまったく違う二人なので、ささいなけんかは日常茶飯事だった。その上、高島が特殊捜査室に異動になってからは、一緒にいられる時間が極端に減ってしまった。

それでも二人の関係がなんとか続いたのは、ひとえに、初瀬のおおらかな気質のおかげだった。高島が仕事で疲れている時も、ピリピリしている時も、失敗して落ち込んでいる時も、かわらぬ笑顔で一緒に酒を飲んでくれたものだ。

あの日のけんかも、最初はいつもの口論だった。

初瀬の誕生日に、高島はとっておきのワインとチーズを用意して待っていた。その日は初瀬も高島も非番で、こころゆくまで飲みたおせるはずだったのだ。ところが、初瀬ときたら、同僚に頼まれて勤務をかわり、しかもそのことを高島に知らせるのを忘れていたのである。

「ごめん、だって、子供が急に熱をだしたからかわってくれって言われたら、佳帆だって断れないだろ？」

「断るわよ！　子供が熱をだしたから休みたいなんて甘えたことを言う人間が、刑事課にいること自体が間違いだわ」

「ええっ、信じられない。佳帆は鬼だな！」

「鬼で結構！」

せっかく飲み頃になるよう時間を計算してあった赤ワインをだめにしたことで、高島はひどく不機嫌だった。

「だいたい紘市は、お人よしがすぎるのよ。いつもいいように周りに利用されてるのに、気づいてないの？　いいえ、気づいてるんでしょ？　時々自分でも落ち込んでるものね」

鋭い指摘は、時として相手を傷つけてしまう。

「佳帆はいつも正しいなぁ……」

紘市はしょんぼりと肩をおとして、それでも笑ってみせた。

初瀬が断らないのをいいことに、雑用を押しつけてくる先輩は後をたたない。一日は二

十四時間しかないから、どうしても自分の仕事が遅れがちになるし、身体も悲鳴をあげていた。このままではだめだとわかっていても、急に性格をかえることはできない。顔には出さなかったが、つらかったのだろう。

初瀬はどんなに飲ませても、絶対に乱れないうわばみだった。その初瀬が、酔って駅のホームから転落し、入線してきた電車に轢《ひ》かれて亡くなったのは、翌日のことだった。

自分が殺したようなものだ。

どれほど悔《く》やんでも、初瀬はもうかえってこない。

「ごめんね、紘市……」

高島は大きな右手に自分の両手をかさね、目をふせた。

これまで夢の中で、何十回、いや、何百回、謝ったことだろう。だが、そんなことは何の意味もない。夢はしょせん夢。初瀬には届かない。

柏木に頼めば、初瀬の幽霊に謝罪の言葉を伝えてもらうことができる。五年前、柏木が特殊捜査室に異動してきた時からずっと考えてきたことだ。

だが実際に柏木に頼んだことは一度もない。

今さら謝っても、初瀬が生き返るわけではないのだ。

何より、死んだ男が自分を恨《うら》み、憎んでいる言葉を聞かされたら、と、想像するだけで耐えられない。

「佳帆が謝ることはないよ」

夢の中の初瀬は優しく微笑む。

「紘市……」

「おれはもう、痛いことも苦しいこともないから」

「そう……？」

わかっている。これは自分が見ている夢だから、紘市は自分を責めたりしないのだ。

「ただ、寂しい」

「紘市……？」

「おれはもう、ずっと一人でさまよっている。ここには佳帆がいない」

初瀬は両手を高島の頰にあてた。悲しそうな目。

「寂しいよ、佳帆……」

「…………」

「佳帆……」

「ごめんなさい……」

泣きながら目がさめた。いつもの自分のベッドだ。

涙がこめかみをつたい、枕をぬらしている。

高島はベッドからおり、カーテンをあけた。夜が明ける直前の、青紫の空が目にしみる。西の空には、欠けはじめた白い月。

寂しい色だ、と高島は思う。

ふと目をやると、いつものように、出窓に人形が立っていた。気のせいか、かすかに開いた朱色の唇が、あやしい笑みをきざんでいるように見える。

初瀬の夢は、人形が自分に見せたものだろうか。

かつてこの人形の持ち主だった妹はともかく、初瀬とは何の接点もないはずだが、人形が、高島の心の中をのぞいたとでもいうのだろうか。それとも、「寂しくないの？」と、夜な夜な問いかけられたせいで、自発的にこんな夢を見てしまったのだろうか。

これがあと一ヶ月、いや、半月も続けば、さすがの自分も相当まいるに違いない。

「こうやって代々の持ち主を死なせてきたってわけかしら？」

高島の問いに、人形は薄笑いをうかべるばかりである。

二

水曜の午後十二時。

西新宿の高層ビル街に、まぶしい陽射しがふりそそいでいる。柏木は目を細めて、高く澄《す》んだ空をながめた。こんな天気の日にのんびり昼寝ができたら、さぞかし気持ちがいいことだろう。

河原広樹が待ち合わせ場所として指定してきたのは、落ち着いた雰囲気の喫茶店だった。店内はコーヒーの芳香《ほうこう》で満たされ、静かな映画音楽が流れている。

「お仕事中に申し訳ありません」

柏木は高島とともに頭をさげる。

「昼休みなので大丈夫ですよ。でも警察の方が私に、何のご用でしょう?」

河原はダークスーツに身を包んだ、四十代半ばの男性だった。刑事が訪ねてきたということで、多少緊張した面持ちである。

「河原さんが昨年リサイクルショップに売却された日本人形について、おうかがいしたいのですが」

高島が写真を見せると、河原は、ああ、とうなずいた。こころもち表情が曇《くも》る。

「間違いなく私が売った人形ですが、あの人形が何か?」

「ちょっとある事件の証拠品になっていまして……」

「へえ、そうなんですか」

柏木の説明に、河原は目をしばたたいた。証拠品というのは、ちょっと大げさな表現だっただろうか。だが、呪いの人形の来歴を調べているなんて言ったところで、信じてもらえるとも思えない。

「失礼ですが、河原さんはこの人形をどちらで入手されたんでしょう?」

「これは死んだ妻の持ち物だったんです」

「奥さまが亡くなられた原因は、ご病気ですか?」

「病気、みたいなものですね……」

高島の質問に河原は口ごもった。水の入ったコップに視線をおとす。

「警察の人に嘘をついてもすぐにばれるでしょうから、正直に言いますが、実は薬を飲みすぎまして……」

河原は当時、大きなプロジェクトチームをまかされ、ずっと深夜帰宅が続いていた。会社に泊まり込みになることもしばしばである。それを妻の多香子《たかこ》は浮気ではないかと勘ぐった。実際、河原には、十年前に一度浮気騒動をおこした過去があったため、いくら誤解だと弁明しても妻は聞きいれてくれない。

他にも原因はあったのかもしれないが、疑心暗鬼《ぎしんあんき》にかられた妻は、ついには不眠症におちいってしまった。

「その頃妻は、一晩中、この人形に話しかけていました。暗い部屋からぼそぼそと話し声がするのが、正直、不気味でしたね。顔をあわせるたびに浮気を責められるのも嫌だったし、たまに仕事が早く終わった日にも、つい飲んで帰ったりしてました」

妻が病院で薬を処方してもらい、ちゃんと夜眠ってくれるようになった時には、心底ほっとしたものである。

「ところが、ある晩帰ってみたら、妻の様子がおかしかったんです。真っ青で、冷たくて、枕元には銀色の薬の台紙が大量にころがっていて……。すぐに救急車をよびましたが、手遅れでした」

原因は処方してもらった睡眠薬の飲みすぎだった。少量ずつしか出してもらえない強い薬を、こっそりとためておいて、一気に服用したのだ。妻が夜、布団に入って寝息をたてていたのは、演技だったのだろうか。

「覚悟の自殺だったのか、うっかり飲みすぎてしまったことによる事故死なのか、僕にはわかりませんが……」

河原はストローを使わず、ガラスのコップに口をつけて、アイスコーヒーをがぶのみした。

河原多香子と、堀内芽衣子。持ち主が二人続けて不慮《ふりよ》の死をとげているのは、偶然だろうか。それとも、人形の仕業だろうか。

柏木は河原の話を聞きながら、じわりと背筋を恐怖がはい上がってくるのを感じる。

「それで、妻の死後、早速あの人形を処分しようと思ったのですが、妻が大事にしていた人形をゴミとして捨てるのも気がひけたので、他のいくつかの不用品と一緒に、リサイクルショップに出したんです」

「なるほど」

高島は呪いのアイテム慣れしているだけあって、特に動じた様子はない。

「そもそもあれは不吉な人形だったんですよ」

「不吉、とは?」

柏木はびっくりして聞き返した。

「もともと妻の友人の形見だったんです。その人はガスの爆発事故で亡くなったんですけど」

「えっ⁉」

「ただの偶然かもしれませんが、持ち主が二人続けて不幸な死に方をしてるって、気味が悪くないですか?」

「お気持ちはわかります。そういうのって気になりますよね」

柏木は声がうわずりそうになるのを、必死でおさえた。

堀内芽衣子もいれると、三人である。二人までだと偶然かもしれないが、三人続いたとなると、偶然とは考えにくい。

「亡くなられた奥さまの写真をお持ちでしたら、見せていただきたいんですけど」

「うちに帰ればいっぱいあるんですが……」

高島の頼みに、河原は少し考えこんだ。

「そうだ、小さくてもよければ携帯でとったのがあります」

明るい茶色の髪をした、四十前後の女性だった。振り袖を着た若い女の子と一緒にうっている。

「きれいな方ですね」

「去年の正月に、成人式をむかえる姪ととったんですよ」

まさかこの二ヶ月後にあんなことになるなんて、と、河原は声をつまらせた。

柏木はしくしく痛む胃の上を、左手でそっとおさえる。不幸な亡くなり方をした人の話を聞くのは気が重いが、見送った人の話を聞くのもせつない。

「つらいことを思い出させてしまい、申し訳ありませんでした」

「いえ……」

高島がわびると、河原は頭を小さく左右に振る。

「それで、あの人形は今どうなっているんですか？」

「警察で保管させていただいています」

「そうですか……。あの……」

河原はもの問いたげな表情で口を開きかけたが、何も言わず閉じた。

「もう一時になるので、会社に戻らないと」

軽く頭をさげながら、席を立つ。

「ご協力ありがとうございました」

柏木と高島も立ち上がり、頭をさげる。

河原が店を出るのを見届けると、柏木はくるりと高島の方をむいた。ぎゅっと右手を握りしめる。

「高島さん、あの人形、危険すぎます。今すぐ三谷さんのところに持って行きましょう！　持ち主をたて続けに三人も不幸な死においやっているなんて、尋常じゃないですよ。三谷さんならきっとお祓《はら》いか、必要であればお焚《た》き上げをしてくれます。そりゃ、料金は高いですけど、このまま放置しているよりは……」

柏木が懸命に訴えているのに、高島はソファにすとんと腰をおろした。平然とした様子で、なぜかメニューを開いている。

「お腹がすいたわ」

「……は？」

予想外の言葉が聞こえたような気がするのだが、聞き間違いだろうか？

「どうせケンタは朝ごはんもまだなんでしょ。時間があるなら、ここで何か食べていけば？」

ソファに戻るよう、左手でうながされる。

「一応ヨーグルトは食べてきたんですが……」

ぼそぼそ言いながら、柏木も腰をおろした。高島佳帆に逆らえる男は、特殊捜査室にはいない。

「何それ。おやつ？」

「ええと、強いて言えばブランチですかね」

朝はいつもヨーグルトと決めている。寝起きは食欲がないというのもあるが、慢性睡眠不足なので、一分でも長く布団に入っていたいのだ。

「ダイエット中の女子高生じゃあるまいし。そんなだから、いつもふらふらしてるのよ。あたしはペスカトーレにするわ」

高島は呆れ顔でメニューを柏木にわたす。

そう言う高島の顔色だって、決して良いとは思えない。照明のせいかもしれないが、ひどく蒼白く見える。

昨日、伊集院に、「どうも高島の様子が普通じゃないみたいだから、気をつけてあげてね。あの人、昔から意地っ張りで、弱音をはいたり人に頼ったりできないのよ」と、こっそりささやかれたのを思いだす。室長が二人のスケジュールがあうように苦労して調整してくれたのも、高島を心配してのことかもしれない。

「食事メニューもあるんですね」

喫茶店なので軽食しかないが、どうせ重い肉料理や丼物《どんぶりもの》などは胃が受けつけないからちょうどいい。野菜サンドあたりが無難だろうか。

「……自殺じゃないわ」

急に高島がつぶやいた。柏木はびっくりしてメニューから顔をあげる。

「夫の気をひくための狂言だったのよ。自分が自殺をはかってみせれば、夫も反省して、浮気をやめてくれるんじゃないかって思って。死ぬ気なんか全然なかったのよ。でも薬の量が多すぎたのね……」

高島はティーカップのふちを人さし指でなぞりながら、淡々《たんたん》と語った。河原の妻の話らしい。

「どうしてそんなことがわかるんですか?」

「人形の中に奥さんのヴィジョンが残っていたのよ。どうすれば夫の浮気をやめさせられるだろう、って、ずっと人形に相談してた。あの写真の人に間違いないわ」

柏木はぞっとした。

「人形が、奥さんに、薬を飲むようにしむけたんですか?」

「その可能性はあるわね」

「もしかして、ご主人の帰宅が遅いのは浮気のせいだって思いこませたのも、人形ですか……?」

「そこまではわからないけど。疑いの芽《め》に水や肥料をあげて、大きく育てるくらいはしたかもしれない」

柏木はメニューを閉じた。とても食事をとる気分ではない。

「……奥さんの幽霊がいるかどうか、河原さんの家に行ってみませんか？　亡くなってから一年以上たっているので、もういないかもしれませんが、自殺や事故死の幽霊なら話はできるはずです」

「それは無駄足《むだあし》だと思うわ」

高島はものうげに前髪をかきあげた。

「奥さんは人形にすっかりマインドコントロールされていた。客観的な情報が得られるとは思えない」

「マインドコントロール……？」

単純に人形が不幸やわざわいをよびよせているというわけでもないらしい。

一体どういう方法で人形が河原の妻をマインドコントロールしていたのか、柏木には想像もつかない。だが、このきっぱりした口調からして、高島には何らかの確信があるのだろう。

なんだか気味の悪い人形だとは思っていたが、そんな力のある人形だったとは。

だが、このままでは、高島の身に危険がおよぶのではないだろうか？

青田が何と言おうと、二〇二号室から持ちだすべきではなかったのだ。

「高島さん、あの人形、すぐに返してください。三谷さんのところに持って行って、祓ってもらいます」

「どうして？」

柏木の切実な訴《うった》えを、高島はあっさりと却下した。

「どうしてって……危ないじゃないですか。このままじゃ、高島さんが危険ですよ」

「あたしは大丈夫よ。呪いのアイテムには慣れてるし、人形のマインドコントロールをうけるほどやわじゃないから」

「でも……」

「まだ火災のことも、犬の行方も全然つかめていないのに、祓ったりしたら、何の情報もひきだせなくなるわ」

「動物病院を丹念にあたっていけば、必ずチャッピーにたどりつけるはずです。チャッピーが見つかれば、伊集院さんが情報をひきだしてくれます」

柏木は何とか高島を説得しようと試みる。

「随分楽観的なのね。足を負傷してるからって、必ず病院に連れて行くとは限らないわよ。ごく軽傷かもしれないし、たとえ重傷でも、今保護している人が、経済的な事情で連れて行ってないかもしれない」

「それならそれでいいです。動物病院で見つからなかった時は、違うルートでの捜査を考

かわからない。しかもトートバッグへのプリントである。

「ええと……そうですね……」

柏木は言葉につまった。

桜井の透視ではあまりにおおざっぱすぎて、住宅のどこかで保護されているとしかわからない。迷子犬探しのポスターを作ろうにも、顔がうつっていないぼろぼろの写真しかない。しかもトートバッグへのプリントである。

「とりあえず……地道に聞き込みを……」

「他の手がかりなんてないんでしょ？」

「ですから、今から考えます」

「じゃあ考えついたら教えてちょうだい。それまでは人形を預からせてもらうわ」

「どうしてそんなに人形にこだわるんですか……」

「別にこだわってなんかいないわ。頼まれた仕事はきっちりやるのがあたしのポリシーだから」

高島は肩をすくめる。その動作が、ほんのかすかにぎこちない。

高島は何か理由があって、人形にこだわっているのだ。

なぜ？

「あ」

柏木ははっとした。

「……すみません、妹さんの人形でしたね」

高島にとっては死んだ妹の遺品なのだ。こだわらないわけがない。

「まあ、全然思い入れがないと言ったら嘘になるけど、仕事は仕事。思い入れがあろうがなかろうが、やることは一緒よ」

薄い唇の端に、笑みをきざんでみせる。

「もしかして、ご家族の交通事故と人形の関連を、疑っているんですか？」

高島は仕事だと言うが、こうまで人形に執着するのは、妹と両親のことがひっかかっているからに違いない。

持ち主が三人続けて、不幸な最期をむかえているのだ。この状況で、人形と事故が無関連だと信じる方がむずかしいだろう。

「もしも関連があることがはっきりしたら、ちゃんと三谷さんにお願いして、お焚き上げしてもらうわ。安心して。とにかく食べましょ」

高島は無理矢理話を打ち切った。

「ケンタは何でもいいの？　日がわりランチのハンバーグが安いわよ」

「野菜サンドにします」

柏木が慌てて言うと、高島は優雅に眉を片方つり上げる。

「本当に女子高生ね。別にいいけど」

高島はウエイトレスをよんでオーダーした。

高島が柏木の言うことをとりあってくれないのはいつものことだし、この一点だけをもって人形の影響を受けているといると判断することはできない。

だが、毎日、ほんの少しずつだが、頰のラインがそげていってはいないだろうか……。

すぐにお祓いまでは頼まないとしても、とりあえず三谷に相談だけでもしておこう。野菜サンドを頰張りながら、柏木は決心した。

三

その日の夜十時。

一件目の事件現場での仕事が終わり、次の現場へタクシーで移動する途中、携帯電話の電源を入れてみた。幽霊への事情聴取は、生身の人間よりはるかに集中力を必要とするため、現場ではいつも電源を切っているのだ。

留守番電話サービスセンターに二件の録音があった。

一つめは青田からで、犬の件だった。

柏木から桜井の透視結果を昨日伝えられ、チャッピーのかかりつけだった動物病院に確認の電話を入れてみたところ、たしかにチャッピーはヨークシャー・テリアではなく、雑種の小型犬だと言われたという。

飼い主がヨークシャー・テリアだと固く信じているようだったので、獣医もあえて訂正はしなかったのだそうだ。

今後は赤羽界隈《かいわい》の動物病院を片っ端からまわり、右前脚に怪我または火傷をおった小型犬全般を探してみることにする、ということだった。

二つめは、昼間喫茶店で会った河原からだった。人形の件で、折り返し電話がほしいという。

ちょっと遅めの時間帯だが、人形に関係あることならすぐに聞きたい。

河原の番号に発信すると、一回目のコールで河原がでた。

「柏木さんですか?」

「はい。今日はご協力ありがとうございました」

「あの市松人形の、妻の前の持ち主は紀藤宏美《きとうひろみ》さんというんですが、亡くなった紀藤さんのお母さんと連絡がとれました。人形の来歴なども御存知のようなので、一度話をきかれてはいかがでしょうか」

「助かります。ちょっと待ってください」

タクシーの中で、しかも左手が携帯電話でふさがっているので、いつものように手帳に書き込むことができない。柏木は慌ててノートパソコンを鞄から引っ張りだした。右手だけで文字をうつ。

「メモをとりました。ありがとうございます」

「いえ、当然のことです……」

河原は声をおとした。

「あの人形が事件の証拠品だと言われましたが、もしかして、今の持ち主の方も、不幸にみまわれていらっしゃるんですか……?」

柏木はぎくりとする。

「それは、その、守秘義務というのがあるので、申し上げられないんです。すみません」

「そうですか……」

しばらくためらった後、河原は意を決したように話しだした。

「私があの人形を処分しておくべきだったんですよね。妻が大事にしていた人形だから捨てられなかったっていうのは嘘なんです。祟《たた》りがありそうで、こわくて、捨てられなかったんです」

河原の後悔に満ちた懺悔《ざんげ》の言葉に、聞いている方が苦しくなる。

「私が祟りなんかおそれないで、捨ててさえいれば……」

「河原さんのお気持ちはよくわかります。あの人形って、何だか、ぞっとするような不気味さがあって、捨てにくいですよね」

「柏木さんも感じましたか？」

「はい」

「私は今でも時々思うことがあるんです。妻が生きているうちに、無理にでもあの人形を捨てておけば、妻はもっと長生きできたのではないかと……。仕事にばかりかまけていないで、もっと妻と向き合っていれば……」

河原の言葉にかすかな嗚咽《おえつ》がまじる。

「河原さん……」

「すみません、こんな話をされても困りますよね」

「あ、いえ、そんなことは」

何かうまいなぐさめの言葉はないかと必死で探したが、何も思いつかない。奥さんが亡くなったのは事故だったのだと伝えられれば、少しは河原の心もなぐさめられるだろうか。だが、どうやって……？

「お願いします。あの人形をそちらで処分していただけませんか？」

「証拠品ですので、私の一存で決めることはできませんが、現在の持ち主の方に、お祓いなりお焚きあげなりするように個人的におすすめしておきますね」

「ぜひお願いします……」

河原との通話が終了し、ツー、ツー、ツーという信号音が流れる。

大きくため息をつき、携帯をしまおうとした時。

(待って)

いつの間にかタクシーの後部座席に、女子高生の幽霊が腰かけていた。夜道を走る暗い車中で、半透明な身体がほのかに白く光っている。

(そのまま通話のふりを続けて)

結花のリクエスト通り、携帯電話を左耳にあてる。何か柏木に話があるらしい。

周囲に人がいる時に、あやしまれずに結花と会話をするには、通話中のふりをするのが一番なのだ。でないと、結花の姿が見えない人たちから、ずーっと独り言をつぶやいている変な男だと思われてしまう。

「どうしたんだ?」

(柏木さんが煮詰《にっ》まった顔をしてるから、大丈夫かなって心配になったの。守護天使だもん)

「そうか……」

煮詰まった顔か、と、柏木は弱々しく笑った。

(人形のこと?)

「うん。高島さんに頼むんじゃなかったって、後悔しているところさ」

河原の言葉が、耳の奥にこびりついて離れない。

妻が生きているうちに、無理にでもあの人形を捨てておけば、と、河原は言った。

自分も今、人形を処分すべき時にきているのではないだろうか。

高島に人形の記憶を読んでくれと頼んだのは、他ならぬ自分である。万一、何かあったら、自分の責任だ。

だが、昼間の高島のあの調子では、すんなり人形を渡してくれそうもない。

（あー、高島さんか。あの人も暗い顔してたね）

「うん。もうこれ以上、今回の件には高島さんを巻き込まない方がいいような気がする。河原さんに教えてもらった、以前の持ち主のお母さんにも、おれ一人で会いに行こうかと思ってるんだ」

（え、いいの？　高島さん怒るんじゃない？）

「間違いなく怒るだろうね」

それもちょっとやそっとではなく、かなり激怒するに違いない。想像しただけで胃がきりきり痛む。

「でも、高島さん、見るたびにちょっとずつ疲れて、やつれていってるような気がして……。まあ、あの人形のせいだけじゃないかもしれないけど」

(もちろん、人形のせいでやつれてるんだよ)

結花にきっぱりと断言され、柏木はぎょっとした。

「つまり……取り憑かれているのか?」

あのやせた頬といい、人形へのこだわりといい、取り憑かれているとしても何の不思議もない。

だが、結花は首を横にふった。

(ううん。取り憑かれてはいない。高島さんはたぶん、人形と戦ってるんだと思う。それで消耗《しょうもう》してるんじゃないかな)

「戦って……?」

さすがは高島だ、と、柏木は目からうろこが落ちる思いだった。

やつれるイコール取り憑かれるではないのだ。

だからと言って、高島が危険にさらされていることにかわりはないが。

(戦ったからって勝てるとは限らないけど、逆に、逃げだしたからって逃げきれるとは限らないでしょ? 漫画や映画では、捨てたはずの呪いのアイテムが、いつのまにか戻ってきてるっていうのがお約束だしね)

「うっ……」

何てことを言うんだ。勘弁してくれ。

柏木は軽く身体を前に傾《かたむ》けると、右手で胃の上をおさえた。

（とにかく、これ以上事態が悪化しないうちに、三谷さんに相談した方がいいよ）

「わかった。そうする。ありがとうな」

（うん）

守護天使を自称する幽霊は、満足そうにうなずいた。

四

十月十日は一年で一番晴れる確率の高い特異日だというが、今年も澄んだ青空がひろがっている。

亡くなった紀藤宏美の母、福田町子《ふくだまちこ》は国立《くにたち》の閑静な住宅街に住んでいた。きれいに手入れされた街路樹が並ぶ大通りを、高島と歩く。

柏木の斜め前をすたすた歩く高島の頰に、木漏れ陽《こもびび》がおちる。また少しやせたのではないだろうか。いつも以上に目が大きく、くっきりと見え、病的な美しささすら感じられる。とても酒乱のキス魔には見えない。

河原から町子のことを教えてもらった時は、柏木一人で訪ねるつもりだった。

しかし、高島は人形と戦っているのだ、という結花の言葉を聞き、考えを改めたのだ。

もしかしたら戦いを有利にするためのヒントを得られるかもしれないのに、高島に内緒で行くべきではないだろう。

町子は若草色のワンピースに身をつつんだ、上品な老婦人だった。年齢は七十歳くらい。大企業の役員をしていた夫は昨年亡くなり、今は一人暮らしだという。

「はじめまして、お電話した警視庁の柏木です」

「同じく高島です」

「どうも……」

町子は複雑な表情であったが、それでも二人を居間に通し、お茶をだしてくれた。

「河原さんから聞きました。お二人は光玉《こうぎょく》の市松人形のことを調べていらっしゃるそうですね」

「光玉？」

柏木が尋ねると、町子はうなずく。

「岡本《おかもと》光玉。大正から昭和初期にかけて活躍した有名な人形作家です」

他にも当時の有名な作家には誰々がいて、と、いくつか名前をあげた。町子はかなり日本人形に詳しいようだ。

「お嬢さんが持っておられたのはこの人形に間違いないか、ご確認いただけますか？」

高島がバッグから人形をとりだして見せると、町子はぎょっとした顔で身体をかたくした。大きく胸を上下させ、まじまじと人形をみつめる。

「この上品な顔、ちりめんの着物……間違いありません、宏美のです」

「この人形を宏美さんはどこで手に入れられたのか、ご存知ありませんか？」

「あれは三年前の、春頃だったかしら……」

もともとアンティーク人形が好きだった町子は、娘を誘って、新宿の百貨店で開かれた展示即売会へ出かけた。

「宏美は特に人形が好きというわけではなく、洋服や化粧品を買うつもりで百貨店に行ったんです。私へのつきあいで催事場に入ったものの、しばらくは退屈そうにしていました。ところが、この市松人形を一目見た瞬間、その場に釘付けになってしまったんです」

岡本光玉はもともと御所《ごしょ》人形が専門で、生涯《しょうがい》を通して、ほとんど市松人形を作っていない。この人形は、幼くして病気で亡くなった娘をしのんで、特別に作った物だという。

「希少価値のある名品ですが、若干傷や汚れがありますから、かなりお安くなっていますよ、って、販売員さんにすすめられて、娘はすぐに購入を決めました」

娘はそもそも人形好きではないし、すぐに飽きて押し入れにしまいこむのが関の山だと思っていた。ところが、意外にも、死の間際まで大事に飾り、自分で着物を縫《ぬ》ってやったりしていたのだという。

「娘さんが亡くなられたのはいつですか？」

　高島の問いに、町子はうつむいた。

「三年前の、十一月一日です。まだ四十五でした」

「さしつかえなければ宏美さんの写真を見せていただきたいのですが」

　高島が頼むと、町子はアルバムを持ってきてくれた。

「孫が大きくなってからは写真をとる機会が減ったので、少ししかないんですけど」

　アルバムの中には、町子によく似た、ぽっちゃりした女性の写真が貼られていた。しばしば一緒にうつっている背の高い少年が、宏美の息子だろう。

「原因は、ガス爆発だそうですね」

「ええ、爆発事故で娘が亡くなり、孫が大怪我をしました」

「場所は宏美さんのご自宅ですか？」

「そうです。台所のガス漏れに気づかず、火を使ってしまったようだ、と、警察の方が言っておられました。ただ……」

　町子は顔を曇らせた。

「何かお気になる点でも？」

「事故の前日、たまたま遊びに来た河原多香子さんが、この市松人形すごくきれいね、ってほめたら、あげるわ、って、あっさりお譲りしたんだそうです。あんなに気に入ってたのに……」

緊張のためか、町子の声は震えている。

「葬儀の席で多香子さんからその話を聞いた時、もしかして、宏美は孫と無理心中をはかったんじゃないかっていう考えが頭をよぎったんです。もちろんただの思い過ごしでしょうけど……」

「無理心中……？」

「なぜそう思われたんですか？」

柏木はいぶかしげな表情で尋ねた。

無理心中と聞くと自殺のような印象を受けがちだが、刑事の立場からしてみれば、れっきとした殺人である。聞き流すわけにはいかない。

「宏美は一人息子をとてもかわいがっていました。優しくて背が高くてハンサムな、自慢の息子だったんです。ほとんど溺愛といってもいいくらいでしたね」

たしかに写真の少年は、なかなか整った顔立ちをしている。

「でも、孫がある日、まだ大学生なのに、恋人ができたから一人暮らしをしたいって言いだしたんです。それが宏美にはひどくショックで、寝込んでしまいました」

「え？　でも、よくある話ですよね？」

柏木は目をしばたたいた。

「私も宏美にそう言いました。どうせ子供なんて、いずれは結婚して出て行くものなんだから、いいかげん子離れしなさい、って。でも娘は、息子がいない人にはこの悔しさはわからない、って泣きながら怒ってました」

「はあ……」

柏木の母などは、たまに用事があって電話をかけると、「彼女はいないのか、結婚はまだか」ばかり言うのだが、これはやはり顔立ちの差によるものだろうか。いや、母親の性格の違いだと理解しておこう。

「息子をよその女にとられるくらいなら、いっそ殺してしまって自分も一緒に死んだ方がましだわ、って口走ったこともあったんです」

「えっ……」

背筋《せすじ》にぞくりと寒気が走る。

おそろしいほどの妄執《もうしゅう》だ。

もしかして、人形の呪いが影響していたのだろうか……？

「興奮して、勢いで口走ってしまっただけで、本気じゃなかったんだとは思うんですけど……」

「遺書はあったんですか？」

「いいえ」

町子は頭を左右にふった。

「やっぱり事故だったんですよね。すみません、妙なことを言って」

自分にいいきかせるように言う。

「宏美さんは、息子さんが小さい時からずっと、溺愛しておられたのですか?」

高島の問いに、町子は少し考えこんだ。

「そうですね。孫が中学生になって、はじめてガールフレンドができた時にも、かなり落ちこんでいましたけど……。特にひどくなったのは、爆発事故の半年くらい前からかしら」

「半年前……?」

「今にしてみると、たぶんその頃、孫に恋人ができたのをうすうす勘《かん》づいたんじゃないかと思います」

「なるほど」

息子を溺愛している母親だと、そういうこともあるのだろうか。柏木は戸惑《とまど》いながらもうなずく。

ふと見ると、高島はかすかに眉をひそめ、何か考え込んでいるようであった。

五

福田邸を辞去した後、高島に連れていかれたのは、新宿のバーだった。またも地下である。

テーブル席もあり、目黒の店よりは広い。壁の一つが大きなヴァーチャル水槽になっていて、熱帯魚がゆったりと泳いでいる。まだ時間が六時半と早いせいか、他の客はいない。

「あの……高島さん、今夜は八時に、大崎《おおさき》の死体遺棄《したいいき》現場に行くことになっているので、酒は飲めないんですけど」

店員に聞こえないように声をひそめる。

「ケンタは勤務があろうがなかろうが、ウーロン茶しか頼まないから関係ないでしょ」

「まあそうなんですけど……」

とりあえずウーロン茶のある店にはしてくれたらしい。

二人は隅のテーブルに陣取《じんど》り、高島はウィスキーを、柏木はウーロン茶と食事を注文した。

「今日の話ですけど、無理心中の可能性って本当にあるんでしょうか?」

「可能性はあるけど、断定はできないわね。宏美さんのヴィジョンはまだ出てきてないから」

高島はグラスを口もとにはこぶ。

「それより、あたしがひっかかったのは時期よ。亡くなったのが十一月一日で、その半年前といえば五月一日ね。そして、人形を買ったのが春」

「あ……」

柏木ははっとした。高島が福田邸で考えこんでいたのは時期だったのか。

「つまり、息子さんへの溺愛がひどくなったのは、恋人の存在に勘づいたからではなく、人形の影響かもしれないということですね」

「偶然かもしれないけど、気になるのよ」

「そういえば……」

柏木は青田の話を思いだした。

「実は、堀内さんも、亡くなる数ヶ月前にコーラス同好会へ行かなくなってしまい、周囲から孤立していたみたいなんです」

「堀内さんがリサイクルショップで人形を買ったのは、去年だったわね」

「はい、歳末バーゲンだと言っていました。幽霊になった今は、とりたてて人形の影響を受けているような気配はないんですけど、もしかしたら生前は……」

「君はまたそんな危ない橋をわたっているのかね」

柏木の背後に、大男が腕組みをして立っていた。太い眉にぎょろりとした大きな目。がっちりした肩に厚い胸板。首の後ろでくくった長めの黒髪。珍しくきなりのジャケットにコットンパンツというさわやかな服装をしているが、新進気鋭の霊能者、三谷啓徳である。

「三谷さん、お忙しいところをおよびたてして申し訳ありません」

「いやいや」

三谷は立ち上がろうとする柏木を手で制し、あいている椅子に腰をおろした。

とにかく一度見てもらおう、と、高島を説得して、三谷に新宿まで来てもらったのである。

「君はどうでもいいが、高島さんがご用と聞いては来ないわけにはいかんだろう。お久しぶりです、高島さん」

「呪いの指輪の時に本庁でお会いして以来ですね。あの時はお世話になりました」

高島は軽く会釈《えしゃく》をする。

三谷は生ビールを注文すると、高島の美しい顔をじっと見つめた。いかつい顔立ちのせいで、にらみつけているようにしか見えないが、本人は熱い眼差《まなざ》しをおくっているつもりなのかもしれない。

「おやせになられましたかな？」

「さあ。近ごろ体重をはかっていないのでわかりません」

高島は軽く肩をすくめた。

「ふむ。ところで私に見てもらいたい人形というのは？」

「これです」

高島がバッグから人形をとりだした途端、三谷の表情が険しくなった。とっさに両手で印を結んでいる。

「三谷さん、まだ祓わないでくださいね！　いろいろ調査中なんですから」

柏木はさっと人形を三谷から遠ざけた。

「これはまた、すごい呪いのアイテムだな。瘴気《しょうき》のような負のオーラがでまくっているぞ。逆に、すぐに祓えと言われても、こっちが困るくらいだ」

「そんなに強力なんですか」

「うむ。このおかっぱ頭はもしかして人毛か？」

「人形作家が亡くなった娘をしのんで作ったものだそうですから、もしかしたら、遺髪を使ったのかもしれません」

高島の説明に、三谷は顔をしかめた。

「ううむ、死者の遺髪ですか。怨念《おんねん》がこもっていても何の不思議もありませんな。一体どこでこんな人形を手に入れたんですか？」

「青田という若い刑事に、彼が住んでいる団地に幽霊が出るから何とかしてくれって頼まれたのが発端です」

柏木が芽衣子の話をするのを、三谷は時おりビールを口にはこびながら黙って聞いている。

町子から聞いたことまでを一気に話し終わると、三谷はあきれ顔で、ふん、と、鼻をならした。

「つまり、幽霊が飼っていた犬の行方を探すために人形を預かったら、それがとんでもない代物《しろもの》だったというわけかね？」

「まあ、要約するとそういうことになりますね……」

三谷に険しい顔でにらまれて、柏木は身体を小さくする。

「それにしても、どうして呪いの人形になってしまったのかしら？　別に誰かを呪うために作ったわけでもないのに」

高島は首をかしげた。わら人形を筆頭として、人を呪うために人形を作ることは、世界中で見られるポピュラーな呪術なのだという。だが、この市松人形は、あくまでも死んだ娘をしのんで作られたもののはずだ。

「この人形には子供らしい無邪気な悪意が感じられますな。もしかしたら、死んだ後、成仏せずにふらふらしていた娘の魂が、依《よ》り代《しろ》を求めて人形に取り憑いたのかもしれません」

「人形に取り憑いている幽霊のようなものは見えませんが……。あ、病死だからでしょうか?」

　幽霊係はじっと人形に目をこらす。

「いや、私にも霊のたぐいは見えんな。既に人形と完全に一体化してしまっているのだろう」

「でも、どうして娘は成仏しないで、人形に取り憑いたんでしょうね?　ものすごく現世に未練があったとか、それとも何か恨みでもあったんでしょうか?」

　柏木の問いに、高島は頭を横にふった。

「このおかっぱ頭や着物のおはしょりからして、娘は亡くなった時、まだ幼かったんじゃないかしら?　たぶん十歳未満ね。だから、現世への未練や恨みというのは、あったとしても、そんなに強くないと思うわ」

「ひょっとしたら、親の愛が娘の魂を縛《しば》りつけてしまったのかもしれませんな。いつまでも死者のことを強く想い続けている人がいると、その気持ちに縛られて、成仏できなくなるんですよ」

「そんなことが……」

　高島の顔が、わずかに曇る。

「まああることとです。ですから、亡くなった家族や恋人のことを、いつまでも強く想いすぎるのはよくない、と、私も常々テレビ番組などで話しているのです。まあ、そうは言っても、死んだ子供への執着を断つというのは難しいものでしょうな」

「娘をしのんでつくった人形に、娘の魂が流れ込んだところまではわかるとしても、なぜ持ち主たちに不幸をもたらすようになったんでしょう？」

柏木が尋ねると、三谷は鼻にしわをよせた。

「うーん、よくわからんが、ここまで強力な力を持つようになるまでには、何かしらあったんだろうな。見ただけでは何とも言えんが。それにしても、柏木」

三谷はビールのジョッキをテーブルにおろし、ぐいっと身をのりだす。

「君はろくな修行もつんでいないくせに、危険なことに首をつっこみすぎだと、何度警告すればわかるのかね？　いつか必ずとりかえしのつかないことになるぞ」

耳にたこができるほど言われ慣れた説教である。いつもなら笑ってごまかすところだが、今日は違う。

「ご心配ありがとうございます。でも、青田君が二代目幽霊係をついでくれたら、おれは普通の刑事に戻れるので、危険な目にあうこともなくなると思います」

柏木は胸をはって答えた。

そうだ、最近人形のことに気をとられて忘れかけていたが、これは二代目幽霊係のための研修なのである。

「はあ？　二代目？」

三谷はいぶかしげな表情をうかべ、右手で顎をつまんだ。

「これまで三谷さんには随分お世話になりましたが、それも今回の事件で最後になると思います。今後は青田君をよろしくお願いしますね」

「柏木、知っているか？　そういうのはとらぬ狸《たぬき》の皮算用《かわざんよう》って言うんだぞ」

「待てば海路の日和《ひより》ありですよ！」

「まあいい。とにかくこの人形は危険なものだから、なるべく早く焚き上げるように。それまでは、二人とも護符《ごふ》を持っていなさい」

三谷からもらった護符を背広の内ポケットにいれると、柏木は立ち上がった。

「そろそろ時間なので、これで失礼します」

二人に頭をさげる。

「くれぐれも無茶はするなよ」

「はい」

柏木はうなずいた。

「あっ、三谷さん」

「何だね？」

高島の酒癖のことを注意しておいた方がいいだろうか。しかし本人の面前で、「この人は酒乱のキス魔です」などと言う勇気はない。

「ええと、いえ、何でもない、です。どうぞお気をつけて」

三谷は当然、けげんそうな顔をする。

「じゃっ」

柏木はひきつった笑みをうかべると、鞄を抱え、脱兎《だっと》のごとく逃げだした。

三谷はガタイもいいし、力も強そうだし、自分で何とかするだろう。

たぶん……。

第六章　飼い犬は嘘をつく？

一

日曜の夜八時半。

団地の各部屋に、ぽつりぽつりとあかりがともっている。

月はまだ出ていないが、東京の夜空はいつも明るい。人形の件もあったし、幽霊係としての通常の捜査もしていたので、この団地に来たのはほぼ二週間ぶりである。

柏木が青田と一緒に、団地入り口へと続く狭い坂道をあがっていくと、五十六号棟が見えてきた。

少し肌寒い夜風にのって、幽霊が愛犬を探す声が聞こえてくる。

芽衣子が人形を購入した後、影響を受けていたのかどうかを確認するのが、今日の目的だ。

「堀内さんは今日も元気っすねぇ」

青田が二階を見上げながらのんびりと言う。すっかり聞き慣れてしまったせいか、うるさいとすら感じなくなってきたらしい。

「ところでチャッピーの方はどうなってる？」

「それが、さっぱり見つかりません。あのトートバッグを持って赤羽中の動物病院を回ったんですが、こんなんじゃ犬種もわからないって言われて」

「あの写真プリントはぼろぼろだからね」

「写真と全然似ていなくてもいいから、とにかく右前脚に怪我か火傷をしてる犬を教えてくれって頼んだんですけど、実際に行ってみたらはずればっかりでした。昨日見に行った犬も、ミニチュアダックスフントだったので体形が全然違うし、毛色も黒で、しかも五年前からその家で暮らしている子だから絶対迷い犬じゃないって飼い主さんに怒られちゃいました……」

青田は深々とため息をついた。

「刑事は足で稼《かせ》いでなんぼだから、無駄はないよ。そうやって一つ一つ候補をつぶしていくのも大事なことだしね」

「そうですよね！」

柏木が励ますと、青田は大きくうなずいた。ミニチュアダックスフントを確認に行く必要はなかったんじゃないか、という気もするが、やる気をなくすといけないので、黙っていることにしよう。

「あと、堀内さんの娘さんにも電話をしてみました。去年の年末に人形を買った後、堀内さんの様子が変わったりはしませんでしたか、って、尋ねてみたんですけど」

「え……」

柏木は顔をひきつらせる。そんなきき方をしたら怪しまれるだけじゃないか。

「特に変わった様子はなかったそうです。そもそも市松人形を買ったことも知らなかったみたいでした」

「そ、そうか……」

「今年は、火事で母親が亡くなるまで、一度も東京には来てなかったみたいですね。今年の春、堀内さんにとっては孫にあたる息子さんが小学校にあがったので、忙しかったそうです」

遠方に嫁いだ娘との関係が希薄なぶん、芽衣子はペットへの依存を深めていたのかもしれない。そう思うと、幽霊の叫び声も、なんだかせつない響きをおびて聞こえてくる。

「人形を買ってから自分は変わったと思うかって、堀内さんに直接聞いてみればわかることっすけどね」

「いや、自分の変化なんて本人は気づきにくいものだから、客観的な意見を聞いたほうが

「いいんじゃないかな？」

「あー、そうっすかね」

　最初に三木一家の住む一〇一号室のチャイムを押す。前回同様、最初は母親が出てきたが、警察と聞いて、中学生の娘と父親も玄関に出てきた。

「あっ、このまえの刑事さん。ワンちゃんは見つかったの？」

「目撃情報がよせられたので、生きてはいるようなのですが、まだ保護にはいたっていません」

　目撃情報というのは、桜井の透視のことである。

「へー、火事の中、生きてたんだ！」

「どうやら自力で脱出したみたいです」

「やるなぁ、犬」

　娘はしきりに感心している。

「ところで今日は、犬ではなく、堀内さんご本人についておうかがいしたいのですが」

「北村さんとの人間関係なら最悪だったよ。ポストの前で怒鳴《どな》りあいのけんかしてるの見たことあるもん」

「これ、あんたはもう。滅多なことを言うもんじゃありません。北村さんの耳に入ったらどうするの」

母親は慌てて娘をたしなめた。

「お話しいただいた内容は決して他の方には口外《こうがい》しませんから、ご安心ください」

「そうですか？」

「堀内さんと北村さんが怒鳴りあいのけんかをしていたのはいつ頃だったか覚えてる？」

中学生の娘は、うーん、と、首をかしげる。

「たぶん、春くらいだったかな？」

「あたしは北村さんがわざわざ二〇二のドアの前まで行って怒鳴っているのを、何度も聞きました。堀内さんも負けずに怒鳴り返してましたけど」

母親が声をひそめて言う。普通の話し声が北村が住む二〇三にまで聞こえるはずはないのだが、まわりまわって噂が届くのをおそれているのだろうか。

「それは何月頃ですか？」

「梅雨から夏にかけての夜や朝が多かったですね。不快指数が関係あるのかしら。朝っぱらから二人がぎゃんぎゃんもめている声が聞こえるのは、本当にうんざりでした」

「それは大変でしたね。ところで、そもそも堀内さんと北村さんのトラブルはいつ頃からはじまったか、覚えておられますか？」

「えーと、たしか……」

「犬を飼い始めた時からじゃないかしら？」

「かれこれ三年くらい？」

妻と娘が同時に言い、夫の言葉をさえぎった。

「三年もですか？　けっこう長いですね」

「うん、長い」

母と娘は同時にうなずく。

「でも今年に入ってから、怒鳴りあいが増えたんですか？」

「うん。北村さんも限界だったのかも」

「堀内さんも気が強いから、文句を言われると応戦しちゃうんですよね」

トラブルがエスカレートしたのは、主に北村によるところが大きいらしい。人形の影響のせいではなかったということだろうか。

二人は礼を言うと、引き続き、隣の石倉家を訪ねた。一〇二号室である。

「へえ、犬は生きのびていたのかい。びっくりだねぇ」

今日は老夫婦が玄関に出てきた。スーパーに勤めている息子はまだ帰ってきていないという。

「あら、よかった。うるさくて困ったこともありましたけど、上の部屋で犬が焼け死んだってことになっては、後味が悪いですからね」

老夫婦は、やれやれ、と、うなずきあう。

「あ、やっぱりうるさかったんですか？」

「古い建物ですからねぇ。どうしても鳴き声とか、足音なんかが響いて。あと北村さんとの怒鳴りあいもありましたし。まあ我慢できないほどじゃありませんけどね」

「あの怒鳴りあいはすごかったからな。補聴器がいらないくらいだったよ」

両親は息子と違い、あまり犬が好きではないようだ。

「堀内さんは今年に入ってからコーラス同好会を休んでいたそうなんですが、他にも何か変わったところはありませんでしたか？」

「ああ、北村さんが自治会に規約違反を訴《うった》えたから、コーラス同好会には行きづらくなっちゃったのよね。そういえば、ご近所付き合いをあんまりしなくなったかも。まえはよくゴミ置き場や郵便受けの前で立ち話をしたものだったけど、ここ半年くらいは、無愛想っていうか、最低限のあいさつ以外しなくなってた気がするわ」

「そうですか……」

「堀内さんと近所付き合いがあったのは、うちの良人くらいだな。たまに犬を預かってあげたりしてたし」

「わざわざブラッシングや爪切りもしてあげてましたしね」

「よその犬なんかかまう暇があったら、彼女の一人でも作ればいいのになぁ」

「刑事さん、誰かいい人ご存知ありませんか？」

「え、ええと、今度探しておきますね」

酒乱でキス魔の女性でよければ、と、言いそうになって慌てて言葉をのみこむ。

「もう、おやじもおふくろも、刑事さんに変なこと言わないでくれよ」

柏木たちの背後に、良人が苦笑いをうかべて立っていた。もう肌寒いくらいの気温なのに、あいかわらず半袖のTシャツを着て、布製のバッグを肩から斜めにかけている。

「おかえりなさい。遅くまで大変ですね」

柏木は身体をずらして、良人が玄関に入れるようにした。青田も柏木にならう。良人は、どうもどうも、と、愛想よく言いながら二人の脇をすり抜け、玄関のたたきでスニーカーを脱いだ。

「今日は日勤で五時にあがれるはずだったんだけど、何だか販売会議が長引いちゃってさ、結局こんな時間になっちゃったよ」

「息子はこう見えても、寝具売り場の主任なんだ」

父親はちょっと自慢げである。

「だから、余計なことは言わないでいいから」

「主任なんですか、すごいっすね」

「おれ体力だけはあるから、重いものを運ぶ係なんだよ」

青田が感心していると、良人はちょっと照れたように笑って、太い腕を見せた。

「寝具売り場なんて、特に重いものが多くて大変そうですね」

「うーん、でも、総菜《そうざい》売り場だった時は、商品は軽いんだけど、朝の五時から仕込みに入ったりしてたから、あれはあれでつらかったな。食品って夜中も買い物に来る人がいるから、こまめに品出ししなきゃいけないし」

結局楽な売り場なんてないんだよね、と、良人はけらけら笑う。

「ああ、最近のスーパーは深夜まで営業してますよね」

「深夜どころかうちは二十四時間営業だから、ほとんどコンビニ状態だよ」

「それは大変ですね」

「あ、おれもよく夜中に利用させてもらってます」

「寝具を買う時は言ってよ。物によっては安くしてあげられるよ」

「本当っすか⁉」

青田と良人はすっかりご近所話に花を咲かせている。そのうち青田は、五十六号棟の住人全員と仲良くなるのではないだろうか。幽霊係よりも町の交番勤務の方に適性が……いやいや、住人とうちとけるのが上手な警察官はたくさんいるが、幽霊が見える刑事は少ない。ここは幽霊係になってもらうべきだろう。

「ところで、堀内さんのことなんですけど、今年に入ってから何か様子が変わったことはありましたか？」

「うーん、北村さんとの騒動が激しくなったぶん、人付き合いは減ったかな？」

「犬に対してはどうでしたか？」

「チャッピーは昔から猫かわいがりだったから、特に変わりはなかったよ」

チャッピーは犬じゃないですか、と、お約束のつっこみを青田がいれると、良人はそうだったね、と、けらけら笑った。

芽衣子は人形の影響を受けていたのか、いなかったのか、どうもいまひとつはっきりしない。

柏木は小さくため息をついた。

二

狭い階段をあがって、二〇一の長谷川家にむかった。

「あっ、青田さんだ！　こんばんはー」

男の子が二人一緒に玄関にかけだしてきて、青田にとびついた。いつのまにか長谷川家の子供たちとも仲良しになったらしい。

「チャッピーは見つかったの？」

「まだ見つからないんだよ。赤羽の動物病院は全部まわったんだけどね」

「動物病院？　チャッピー病気なの？」

兄がびっくりして尋ねる。

「前脚の具合がよくないみたいなんだ」

「またかゆかゆができたの？」

弟は心配そうに小さな眉をひそめた。

「かゆかゆ？」

「うん。チャッピーはよく頭や脚にかゆかゆができるんだ。赤い小さなぽちぽち」

兄弟は一所懸命説明してくれた。どうやら湿疹《しっしん》のことを言っているらしい。

「それで、頭の時は届かないからいいけど、脚にかゆかゆができると、なめたりひっかいたりして悪くしちゃうんだって、堀内さんが言ってた」

「怪我でも火傷でもなく、皮膚病か……」

そういえば、桜井は、怪我か火傷かはっきりわからないようなあいまいな言い方をしていた。

「どうりでどこの病院でも見つからないはずっすよー」

青田はがっくりと肩を落とした。

「いや、でも、これで希望がでてきました！　また明日から動物病院の聞き込みを再開します！」

「がんばれ、その意気だ」

柏木が励ますと、子供たちも、がんばれー、と、手をふる。

「ところで、今年に入ってから、何か堀内さんの様子が変わったことなどはありましたか?」

兄弟の後ろに立っている母親の久美に尋ねた。

「うーん、あたしはあんまりお付き合いなかったから……。北村さんが自治会に訴えたあたりから、あんまり関わらないようにしてましたし」

「今年に入ってから、堀内さんに何か変わったところはあったかな?」

青田が尋ねると、兄弟は顔を見合わせる。

「えー、どうかなー?」

「チャッピーはちょっと太ったかな」

「そだね。あとはかゆかゆになってた」

「堀内さんの方は?」

「わかんない」

「うん、わかんない」

二人はきっぱりと答えた。どうもチャッピーにしか興味がないようだ。

「いっそ、北村さんにきいてみたらどうっすかね? ある意味、堀内さんと一番接触があったのは北村さんですから」

「それはそうだが……うーん、まあ、そうだな。だめもとで行ってみるか」

青田の提案で、二人は二〇三号室に行ってみることにした。

チャイムを三回押すと、ようやく北村が出てきた。警察だと名乗ると、わざとらしくチェーンをかけ、細目にドアをあける。

ドアの隙間から見える蒼白い顔は、あいかわらず不機嫌そうだった。さすがの青田も、北村とだけは友好関係を樹立《じゅりつ》していないらしい。

「今度は何ですか？」

「今年に入ってから、堀内さんに変わった様子はありませんでしたか？」

「……まだ私が放火犯だって疑ってるんですね」

「いえ、そういうわけでは」

「じゃあどうして、堀内さんのことを調べてるんですか？」

「ええと……」

どう言おう。呪いの人形の影響を調べているとはとても言えない。

柏木が答えあぐねていると、北村は、ほらみろ、といった表情になる。

「堀内さんは、以前から、身勝手で自己中心的で傍若無人《ぼうじゃくぶじん》ではた迷惑な人だったのが、もっとひどくなった。それくらいですね」

よくもまあ次から次へと言葉がでてくるものだ。

「ええと、それは、具体的にはどういう……」

「こっちは締め切り前で忙しいんです。これ以上お話しする暇はありません！」

北村はわざとらしく大きな音をたててドアを閉めた。鍵をかける音が響く。

「締め切り？　もしかして北村さん、自称じゃなくて本当に小説家なんですかね？」

青田の声が北村に聞こえたのではないかと柏木はひやっとしたが、ドアのむこうからは何の反応もなかった。

青田の腕をつかみ、急いで狭い階段をおりる。

「堀内さんにも一応きいてみますか？　人形を買ってから自分が変わった気がしないかって」

「そうだなぁ……」

本人に尋ねてもあまり意味がなさそうな気はするが、ここは青田の研修のために、幽霊の話を聞きに行くべきだろう。

「自分が変わったっていう漠然《ばくぜん》とした表現だと、開運グッズを買った人みたいだから、体調とか心境とかっていう質問のし方がいいかもしれないね」

「なるほど」

軽く打ち合わせをしてから、二〇二号室のドアをあける。

「こんばんは、堀内さん」

（あら、刑事さん。今日こそチャッピーを見つけだしてくれたんでしょうね？）

「あ、いえ、まだです」

柏木は申し訳なさそうに頭をさげる。

（まだなんですか⁉）

「大丈夫、きっともうすぐ見つかりますよ」

（本当に？）

青田の安請《やすう》け合いに、幽霊は疑り深そうな顔で答えた。

「先日お借りしたトートバッグの写真プリントから、チャッピーちゃんの右前脚に異常があることがわかりました。そこで、右前脚に火傷か怪我をしている犬はいないかということで動物病院をあたっていたんですけど、怪我ではなく湿疹だという情報がありましたので、あらためて調べ直してみます」

（かわいそうに、またかゆかゆが出たのね。石倉さんにもらった高い薬用シャンプーにかえてからおさまっていたのに……）

幽霊は胸の前で両手をもみしぼる。

「それから、お預かりしている市松人形ですが、有名な作家の作品であることがわかりました」

（あら、そうだったの。どうりできれいな人形だと思ったわ）

「堀内さんもあの人形はかなりお気に入りでしたか？」

（う―ん、実はそうでもないのよね。安かったし、玄関に飾るのにちょうどいいと思って買ったんだけど、あれがあと五千円高かったら買わなかったと思うわ）

「え、あ、そうなんですか。じゃあ、人形に話しかけたりとか、着物を縫ってあげたりとかはなさらなかったんですか？」

（しないわよ、そんなこと。どうせ服を作るなら、チャッピーに作ってあげた方が楽しいし）

「はあ」

どうも以前の持ち主たちと違い、芽衣子はまったく呪いの人形には魅了されていなかったようである。

「青田君からも何か聞きたいことはある？」

「あっ、はいっ」

青田は緊張した面持ちでせきばらいをした。

「ええと、今年に入ってから、体調や心境に変化などはありませんでしたか？」

（変化？　隣の北村さんのせいで、随分不愉快な思いはしたからね。そりゃイライラはしたわよ）

「そうですか、北村さんのせいで……」

（それがチャッピーと何か関係あるの？）

「いや、人形の呪いっすよ」

青田、どうしておまえはいつもそうストレートにしゃべってしまうんだ⁉

柏木は思わず、すすけた天井をあおいだ。

（はあ？）

「何かわかり次第お知らせしますので、もうしばらくお待ちください」

柏木はやや強引に、幽霊との会話を打ち切る。

（んもー、頼りにならないわねー！）

幽霊は両手を腰にあて、ふん、と、大きく鼻をならした。

三

同じ頃。

青山《あおやま》にこぢんまりとした私設人形博物館がある。

建物に一歩足を踏み入れると、中は大小さまざまな日本人形でうめつくされていた。人形に取り囲まれた夢を思いだし、高島は軽いめまいをおぼえる。

「時間外に申し訳ありません。こちらの館長さんは、岡本光玉にお詳しいとうかがったものですから」

「光玉の人形に関することでしたら、いつでも大歓迎ですよ」

館長は心底嬉しそうな様子で高島をむかえた。年齢は五十代後半くらいだろうか。明るいベージュのスーツに身をつつみ、蝶ネクタイをしめた上品な紳士である。

「この人形なんですけど」

高島がくだんの市松人形を見せると、館長は白い手袋をはめ、ガラスケースからとりだした。

顔立ち、着物、ボディなどを入念に調べる。

「なるほど、岡本光玉の作品に間違いありません」

「前の持ち主がこの人形を購入した際、これは光玉が、亡くなった娘をしのんで作ったものだと言われたそうですが」

「ああ、美絵子ですね」

「みえこ？」

「八歳で夭折《ようせつ》した光玉の長女です。なるほど、これが美絵子人形ですか。長男の奥さまから聞いたことがあります」

光玉は娘の美絵子をことのほかかわいがっていた。だが、美絵子は、わずか八歳で病死してしまう。

美絵子を悼《いた》み、光玉は一体の市松人形をつくった。その髪には遺髪が使われ、着物も生前本人のお気に入りだった晴れ着の生地を使った。

光玉は美絵子人形を生涯売ろうとせず、亡くなるまでずっと手もとに置いていたという。

光玉の死後は、美絵子の兄である長男が人形を引き継いで大切にしていた。ところが、長男が太平洋戦争に出征《しゅっせい》している間に、妻がこっそり食糧と引き換えにしてしまったのである。

「ばれたら夫に叱《しか》られるのはわかっていたし、亡くなった美絵子さんにも申し訳ないと思ったけれど、あの時はそうするしかなかったのだ、と、話しておられました」

「館長さんは、その奥さまとは面識がおありなんですか？」

「ありましたが、残念ながら長男ご夫妻は、もう二十年以上前に他界しておられます」

「光玉には他に子供はいなかったんですか？」

「美絵子が死んだ後、もう一人、千鶴子《ちづこ》という娘が生まれていますが、この方も数年前に亡くなられましたので、美絵子人形のことをご存知の方は、もう、岡本家にはいらっしゃらないでしょうね」

「そうですか」

「たしかどこかに美絵子の写真があったはずですが……」

館長は資料コーナーにある書架の前で立ち止まった。

「ああ、これだ」

館長が書架から引っ張りだしたのは、分厚い作品目録だった。相当古いものらしく、旧仮名づかいで説明文がつづられ、ざらざらした紙は黄色を通りこして茶色みをおびてきている。

「たまたま光玉の友人にカメラマンがいましてね、巻末に岡本家の日常風景がおさめられているんですよ」

あった、と、館長が開いたページには、岡本光玉の素顔、というタイトルがつけられていた。人形製作風景とともに、家族写真もおさめられている。

すまし顔の夫婦、緊張した面持ちの少年、そして、おかっぱ頭の着物の幼女。

「これはまだ五歳くらいの時でしょうか……」

面差しが人形と似ていないこともないが、正直、よくわからない。

次のページをめくった瞬間、高島ははっとした。

「この家……」

庭で遊ぶ少女と、縁側で見守る父親がうつっている。写真は白黒だが、この縁側も、踏み石も、窓の木枠《きわく》も、庭木も、フルカラーで思い描くことができる。

かなかなの声がものがなしく響く家。

何度夢に出てきたことだろう。

「この写真は京都の郊外にある光玉の自宅でとったものですね」

光玉の家、つまり、美絵子の家だったのか。

「現存しているんですか？」

「いえ、もう随分前に取り壊されたと聞いています」

「そうですか……」

高島は細い眉根をよせ、唇をきゅっとひきむすぶ。

あの夢は、人形に見せられていたのだ。

自分の夢に人形が介入してきているのではないかという疑惑は、これまで何度も頭をよぎり、そのたびに打ち消してきた。自分の夢、つまり心の中に人形が踏み込んでいることを認めるのが嫌だったのだ。だが、もはや否定のしようがない。

「さしつかえなければ、美絵子人形を現在所有していらっしゃる方を紹介していただけませんか？　これだけの名品、ぜひ、当美術館におさめさせていただきたいと存じます」

館長の申し出に、高島は当惑の笑みをうかべた。

「でも、この人形はいわくつきですよ？　館長さんでしたらご存知かもしれませんけど」

館長はおもむろにうなずく。

「かなり以前に、持ち主の方が病院で変死なさったという噂は小耳にはさんだことがあります」

「病院で……？」

「ええ。いわゆる植物状態で、身動きできないはずの患者さんの酸素マスクやモニターのコードがいつのまにかはずれていたのに誰も気づかず、亡くなられたとか。よくある都市伝説のたぐいでしょう」

「…………」

高島は一つのヴィジョンを思い出していた。

人形に語りかけていた少女。

母親は意識不明で入院していると言っていた。

今度、誰もいない時に、こっそりはずしてあげる、という意味深な言葉。

まさか、あの少女が……？

マンションに帰ると、まずは出窓に立つ人形とにらみあう。ここ半月ばかりの日課である。

高島は大きく息を吐くと、目を閉じ、右手に意識を集中した。

まだ読み取っていない記憶がいくつもあるはずだ。

奔流の中から、一つのヴィジョンをすくいあげる。

気の強そうな六十代の女性の映像が見えてきた。七分袖のブラウスに、フレアースカート。天井の低い、狭い部屋の中で、茶色い小型犬にむかって話しかけている。

「ここは暮らしにくいから、引っ越したいわね。でも犬と暮らせるマンションは家賃が高いから、宝くじでもあたらないと無理かしら。何か良い方法があるといいんだけど……」

つぶらな目をした犬は、クゥン、と、首をかしげた。

このシーンはここまでだった。

目をあけて、右手を人形の頭からはずす。

かなかなの声。

古い建物のにおい。

夕闇が濃い影をおとす座敷に高島はいた。

光玉の家だ。

いつのまにか眠りに落ちたらしい。

「随分疲れているようね、佳帆ちゃん」

座敷の隅の暗がりから、大人とも子供ともつかぬ声が聞こえる。

じっと目をこらすと、座敷の隅に大きなひじかけ椅子《いす》が置かれ、そこに、ちょこんと市松人形が腰かけていた。

あらわれたのがかつての恋人ではないことに、安堵《あんど》と落胆をおぼえる。

「美絵子さん？」

「その名前で呼ばれるのは何十年ぶりかしら」

人形は無表情のまま、くすくす笑い声をたてた。

「やっぱりあなたは、岡本美絵子なのね。人形に魂が囚《とら》われてしまって出られないの？　それとも成仏するのが嫌で、ずっと人形という器にしがみついているの？」

「さあ、どちらだったのか、もう自分でもわからないし、どうでもいい。今のあたしはただの市松人形よ」

あまりにも長い期間人形に憑依《ひょうい》していたため、美絵子の意識は、人形と一体化してしまっているようだった。

「どうしてあなたは、あたしに、家族や紘市の夢を見せるの？」

人形は椅子の上で浮かびあがると、高島の目の前まで移動して、空中でぴたりと止まった。

「あなたが会いたがっていたからよ、佳帆ちゃん」

人形の昏《くら》い瞳に、自分の蒼ざめた顔がうつっている。

「じゃあ、どうしてあなたは持ち主を呪うの？」

「呪う？　何のことかしら」

「河原さんの狂言自殺も、紀藤さんの無理心中も、全部あなたの仕業なんでしょう？　京都の岡本家に帰りたいの？　だから次々と持ち主を死なせるの？」

「京都の家……なつかしいわね」

　人形は空中でふわりとまわってみせた。

「でもあそこに帰る気はないわ。美絵子と一緒に死ぬと泣いた父は、千鶴子が生まれたら、美絵子が生まれ変わったと言ってすっかりご機嫌だった。美絵子の人形を一生守ると約束した兄は、遠くの戦争に行ってしまった。そして残された子供たちの飢《う》えをしのぐために、あたしはわずかばかりの芋や卵と引き換えにされてしまったわ」

「岡本家の人たちを恨んでるの？」

「別に。あの家の人たちには何の未練もないって言ってるのよ。どうせ兄弟たちも、もう生きていないでしょう？」

「そうね……」

　高島は前髪をかきあげた。額が冷たい汗でじっとりと濡れている。

「じゃあ、どうしてあなたは持ち主を死におやるの？　目的がさっぱりわからないんだけど」

「あたしはあの人たちを死なせようとしたわけじゃないわ。いつも話を聞いてあげただけ。あの人たちは、自分がしたいようにしたのよ。ほしいものを手に入れて、寂《さび》しい心を満たすために。あなたの妹もね」

「美帆が……何を……?」

小さな朱色の唇がニイッとつりあがった。

心を手に入れたい人は誰?と尋ねたのは美帆だっただろうか。

夫の気をひくために大量の薬をのんだ河原多香子。

息子を恋人にとられるくらいなら、と、無理心中をはかった紀藤宏美。

母親を病院からとりかえすためにモニターのコードをはずしてしまった少女。

美帆も、誰かの心を手に入れたくて……?

かなかなの声がうるさくて、気が遠くなりそうだ。

四

火曜日の午前十時半。

明るい朝の陽光などものともせず熟睡している柏木をたたきおこしてくれたのは、携帯電話の着信音だった。

柏木がまだ寝ている時間だとわかっていてかけてくるのは、傍若無人な姉たちのどちらかに違いない。

　電話に出るべきか無視すべきか迷いながら、ねぼけまなこでディスプレイの表示を確認すると、なんと青田からだった。二代目幽霊係からの連絡を無視するわけにはいかない。柏木は仕方なしに通話ボタンを押す。

「もしもし、柏木さんですか⁉」

「うん。どうかした？」

　柏木はかすれ声で尋ねた。

「チャッピーが見つかりました！　やっぱり右前脚はかゆかゆでしたよ！」

　午前九時から赤羽中の動物病院に電話をかけまくり、ついにチャッピーにたどりついたのだ、と、青田は自慢げに語った。ちゃんと池袋署の仕事はしているのだろうか。

「そうか。よくやったな」

　ここで布団をはねのけてがばりと起き上がれると格好良いのだが、睡魔が強力すぎて、身体が動かない。

「今すぐ伊集院さんを連れてきてもらえませんか？」

「今すぐって……」

　布団に入ったのが六時だから、まだ四時間半しか寝ていないんだが。そんなことを言うと、連休中もずっと働いていたことがばれてしまう。いや、刑事なんてたいていそんなものではあるが。

「だめですか?」

がっかりした声が聞こえる。

「あー……」

二代目幽霊係のためじゃないか。がんばれ、おれ。

「伊集院さんの予定をきいてみるよ」

「ありがとうございます!」

鼓膜《こまく》が破《やぶ》れそうな大声のおかげで、少しばかり眠気がふきとんだ、かもしれない。


赤羽駅の改札に伊集院があらわれたのは、約束した一時を三分すぎたころだった。フリルがたくさんついた白いブラウスに、葡萄《ぶどう》色のパンツスーツ、モカブラウンのショートブーツという、あいかわらずなレトロ風少女漫画スタイルである。

「遅れてごめんなさい。ブーツをどれにするか迷っちゃって」

「おおお、この人が伝説の伊集院警部補ですか! 警視庁の最終兵器《リーサル・ウェポン》ってよばれてるんですよね!?」

青田は初めて会う伝説の刑事に大興奮である。

「まっ、伝説だなんて大げさね」

伊集院は右手を頰にあてて照れてみせた。もちろん小指はかわいくたてられている。

「伊集院さん、お忙しいところをすみません」

「いいのよ、どうせお宮の間に行くつもりであけてあったから。ところで、その後高島はどう？」

「土曜日に国立まで一緒に行ったのですが、またちょっとやせたみたいでした」

「いやぁね、今さらダイエットでもして、あたしに差をつけようとしているのかしら」

伊集院はごついほっぺたに人さし指をあてて、かわいらしく唇をとがらせた。せめて顎がわれていなければ……いや、それは言わないお約束だ。

チャッピーを保護しているのは、線路をはさんで団地とは逆側に住む、真鍋《まなべ》という一家だった。庭のない、こぢんまりとした二階建ての家である。

「午前中に電話でお話しした警察の者ですが」

青田がインターフォンで名乗ると、玄関にあらわれたのは、三十代後半の女性だった。

「うちの娘が、友だちからもらってきたなんて言ったものですから。まさか迷い犬だったなんて知らなくて。飼い主さんはさぞ心配していらっしゃるでしょう。すみません」

早口で言い訳をしながらも、真鍋の視線は伊集院に釘づけである。

「まだチャッピーと決まったわけではありませんから、まずは確認させていただけますか？」

「あ、そうですね。今、連れてきます」

三人は居間に通された。最初は玄関で待とうとしたのだが、さすがに、大の男が三人となると狭すぎたのだ。

真鍋が腕に抱いて連れてきたのは、まごうかたなき雑種だった。茶色い毛に、短い手足、つぶらな瞳のかわいらしい顔立ちをしている。たしかに体毛は若干長めだが、どう見てもヨークシャー・テリアとはよべない。首には大きなエリザベスカラーをつけられている。右前脚は毛が刈られ、かさぶたになっているが、ほとんど治っているようだ。

「チャッピーちゃんに間違いないでしょうか?」

「えーと……」

例の、トートバッグにプリントされた写真とチャッピーの体型を比べてみる。手脚の毛色は似ているような気もするが、いかんせん顔も胴もわからないので判断のしようがない。せめてダルメシアンのように模様があれば、比べようがあるのだが。

こうなったら最後の手段だ。

「伊集院さん、お願いします」

「まかせて」

柏木が小声でささやくと、伊集院はにっこり微笑んだ。

「チャッピーちゃん、こんにちは。ウー、キャウン、キャン? クーン」

伊集院は犬にむかって、犬語で話しかける。

「あの……？」

犬を抱いている真鍋は戸惑いを隠せない。犬に話しかけている伊集院もさることながら、目をきらきらさせ、鼻腔《びこう》をふくらませて興奮している青田もかなり変だ。

「あ、確認させていただきたいのですが、この犬を娘さんが連れて来たのはいつ頃ですか？」

柏木は真鍋の気をそらそうと、慌《あわ》てて話をふった。

「夏休みの終わりくらいでしたから、八月下旬ですね」

「首輪はしていませんでしたか？」

「うちに来た時にはしていませんでした。でも……」

娘の説明によると、もともとこの犬は団地の公園で捨てられているのを、塾で同じクラスの祐弥《ゆうや》君が拾ったのだ。しかし祐弥君は団地住まいで犬を飼えなくて、もう一度捨ててこいと親に叱られ、困っていたところを、娘がもらってきたのだという。

「そういうわけなので、首輪は祐弥君かうちの娘か、どちらかがはずしてしまったんだと思います」

「なるほど」

柏木は真鍋の話を聞きながら、伊集院の様子をうかがった。何やら話しこんでいるようだ。

「ところで、お探しの犬に間違いないことが確認されたら、このまま飼い主さんにお返ししないといけないんですよね？」

「何かまずいことでもありますか？」

「うちの娘が、すっかりこの犬に夢中なんですよ。一人っ子なので、弟ができたみたいって大喜びで。もし今日学校から帰って来た時ジャックがいなかったらどんなに暴れるか……」

真鍋は困り果てた様子でため息をついた。この家では、チャッピーはジャックとよばれているらしい。

「自分がいない間にかわいがっていた犬がいなくなったら、お嬢さんはショックをうけられるでしょうね」

幽霊にはチャッピーの面倒をみることは不可能なので、このまま真鍋家で飼ってもらっても特に問題はないのだが、まずは芽衣子と娘の意向を確認する必要がある。

「そもそもこの犬がチャッピーに間違いなければの話ですが……どうですか？」

「うん。チャッピーに間違いないみたい」

伊集院が断言すると、真鍋は落胆の表情をうかべた。

「やっぱりそうですか……」

「でも、一度、本庁に戻った方がいいと思うのよね」

「え、でも、堀内さんが……」

柏木が言いかけると、伊集院はつややかな黒髪の頭を左右にふった。

幽霊は一日千秋《いちじつせんしゅう》の思いで愛犬との再会を待ちわびているのだが、もしやチャッピーの方で、前の飼い主との対面を拒否しているのだろうか。

「本庁に戻りましょう」

先輩に重ねて言われては、柏木に反対できるはずもない。

「わかりました。すみませんが真鍋さん、もうしばらくチャッピーを預かっていただいてもよろしいでしょうか？」

「ええ、うちは全然かまいません」

真鍋はほっとした表情でうなずいた。

五

柏木たちが桜田門《さくらだもん》にある警視庁のビルに着いたのは、午後三時近くになってからだった。

曜日にかかわりなく、ほぼ毎日、お宮の間で席をあたためている室長と桜井に加え、火曜日に顔を出す高島と、なぜか捜査一課の清水までがいる。情報をもらしたのは桜井に違いない。

「へー、ここが噂のお宮の間ですかー！」

いきがかり上、柏木たちと一緒に来ることになった青田は、興味津々といった様子で室内を見回している。

「あっ、カッシー先輩、この人が例の霊感刑事さんですか⁉」

「うん。池袋署の青田君」

「青田です。いつも柏木さんにはお世話になっています」

「はじめまして、ブルー刑事。ひやしあめはお好きですか？」

桜井は早速、青田に安直なニックネームをつけたらしい。

「ひやしあめ？　何ですかそれ？」

ブルー刑事とよばれたことを気にしないとは、さすが青田、大物である。

「青田さんはひやしあめを知らへんのですか？」

ここぞとばかりに桜井がくいついてきた。いそいそとひやしあめの瓶をとりだし、熱く語りはじめる。

「ところで伊集院さん、チャッピーから何を聞いたんですか？」

柏木が尋ねると、伊集院は顔を曇らせた。両手で持っていたハーブティーのカップをデスクにおろす。

「火災の原因が、失火か放火かでもめていることはあたしも知っていたから、チャッピーが何か知らないかと思って、その朝のことをきいてみたの。するとチャッピーはこう言ったわ。

あの朝、ママは僕を大きなバッグに入れて出かけた。僕の写真入りのトートバッグだよ。また病院に連れていかれるんだと思った。病院も注射も大嫌いだから、必死で中であばれてたら、スナップボタンがはずれたんだ。そっと顔を出したら、ママはベンチに座って、景色をながめているみたいだったから、僕はこっそり逃げだしたのさ」

「え……？」

柏木はブリックパックの牛乳を左手に、ストローを右手に持ったまま、動きをとめた。

「最初はおうちに逃げ帰ろうとした。でもおうちにいたら、またママにつかまって病院に連れていかれる。だから、おうちのそばの植えこみのかげに隠れたんだ。ママが戻ってきて、僕をよんでいるのは聞こえたけど、注射が嫌だったから出ていかなかった」

「待ってください。それは本当に、火事の朝の話なんですか？」

「そうよ。チャッピーが植えこみのかげでうろうろしていたら、急にすごい音のベルが鳴りはじめた。しかも何かが燃えているような変な臭いがする。ママが自分をよんでいる声は聞こえていたけど、ママを助けにいくことも、逃げだすこともできなくて、怖くてずっと震えていた。どんどん人が逃げてきたけど、ママはでてこなかった」

「そんな……」

「あとは皆も知っている通りよ。消防車が到着して、堀内さんが救出された時には、もう、心肺停止だった。かわいそうにチャッピーはひどく後悔していたわ。あの子が火事をだしたわけでもないのにね」

伊集院は深々とため息をつく。

「ちょっと待ってください。堀内さんの話と全然違うんですけど」

呆然とする柏木に、伊集院は気の毒そうにうなずいた。

「だから一度ここに戻ったのよ。一度情報を整理して、検討した方がいいと思って」

「なるほど……」

まったく異なる二つの証言。どちらかが正しくて、どちらかが間違っているのだ。だが、どちらが……？

「堀内さんは、チャッピーを部屋に残して、一人で出かけたって言ったんだよな？」

今日は席があいていないので、清水はキャビネットにもたれて立っている。

「はい。買い物に出かけたと言っていました」

「まあ、病院っていうのはチャッピーの勝手な思い違いで、犬連れで買い物に出かけたっていうのはありかもしれないな」

「どうして買い物に行くのに、犬を連れていく必要が……？」

「お散歩をかねて犬を連れて行く人もいるわよ」

犬好き代表として、伊集院が発言した。

たしかに店の入り口付近にリードをくくられ、飼い主を待っている犬を見ることはたまにある。

「でもバッグに入れたままじゃ、チャッピーの運動にならないですよね？」

「団地内は犬猫禁止なんでしょ？　団地の外で歩かせるつもりだったのかも」

「待ってください。チャッピーが間違っていて、犬は部屋で留守番をしていた、という、堀内さんの証言が正しいという可能性だって有りっすよね⁉　自分は堀内さんの話を直接聞きましたが、嘘をついているようには見えなかったっすよ⁉」

青田は一所懸命、訴えた。

「犬が間違っている可能性はもちろんあるさ」

清水は顎鬚《あごひげ》をなでながらうなずく。

「だが、実際問題、犬が火災現場から逃げだしたり、助けだされたりしたところを見た人はいないわけだろう？　堀内さんのバッグから脱出したっていう話の方が、客観的に見て、信憑《しんぴょう》性が高くないか？」

「それはそうかもしれないっすけど……」

「まあ可能性の問題だ。絶対にチャッピーが正しいと決まったわけじゃない」

清水は青田をなだめるように言った。

柏木も牛乳を一口飲んで、気分を落ち着けようとする。

青田の言う通り、チャッピーが間違っている可能性もあるはずだ。

とはいえ……。

「伊集院さん、犬が嘘をつくことはありますか?」

柏木の質問に、伊集院は、そうねぇ、と、頬に右手をあてて、少し考えこんだ。

「全然ないとは言わないけど、今回に限っては偽証の心配はないと思うわ。だって嘘をついても、チャッピーには何の得もないでしょう?」

「そうですね」

「でも、もしも堀内さんが嘘をついてるとしたら、どうして自分たちに、チャッピーを置いて買い物に行ったなんて言ったんでしょう。一体どういうつもりで偽証なんか……」

青田はまだ納得がいかないようである。はじめて幽霊から事情聴取をした時、あれほど興奮していたのだから無理もない。

「堀内さんの勘違いかもしれないな。死の前後の記憶が混乱したり、欠落したりするのは、よくあることなんだ。ほら、君に言われるまで、自分が死んだことすら気づいてなかっただろう?」

「そういえば……」

まあそういうことなら仕方がないっすね、と、青田は不承不承《ふしょうぶしょう》うなずいた。

とは言いながら。

幽霊が故意に嘘をつくことも、よくあることだ。

もし芽衣子が故意に自分たちを騙《だま》したのだとしたら、その目的は何だ？　何かを隠そうとでもしているのか？

「それにしても、どうして堀内さんは犬が二〇二号室に戻ったって思いこんだんだろうな？　燃えている部屋にとびこむなんて、かなりの確信がないとできないことだろう？」

清水の疑問に、柏木も首をかしげた。

「さあ？　うちでは猫しか飼ったことがないのでよくわかりませんが、犬は自分で脱走しておきながら、家に帰ってくるものなんですかね？」

「賢い犬はかなり遠くに捨てても戻ってくる、っていう話はよく聞くな」

「もしかしたら、これまでにも、病院から逃げだして家に帰ったことがあったのかもしれないわね」

伊集院の推測に、柏木は、なるほど、とうなずいた。

「でも、よく考えてみたら、チャッピーが二〇二号室にいるわけないんですよね。犬猫用の小さなドアを特注でつけている家ならともかく、重い鉄のドアで、しかも鍵がかかってたんですから、チャッピーにはあけられないですよ」

「お風呂やトイレの小窓があけっぱなしになっていたんじゃないの？」

「どちらの小窓も外壁についていますから、仮にあけっぱなしになっていたとしても、チャッピーに出入りは無理です」

「つまり、そんなことにすら考えがおよばないくらい、堀内さんは気が動転してたってことか」

清水は煙草を一本、箱から取りだすと、口にくわえる。

「だって、犬が逃げだした上に、家に帰ってみたら火事になってたんですよ？　すごく動転するでしょう。清水さんだって動転しませんか？」

「ってか、そもそもその火事、堀内さんの仕業なんじゃないの？」

清水は煙草に火をつけながら言った。

「え……？」

「失火に見せかけた放火だよ。揚げ物の最中にわざと鍋を火にかけたまま、犬を連れて外に出かけ、自分の部屋から火の手があがるのを待ってたんじゃないのか？」

「ええっ⁉」

「それはないと思いますけど」

柏木と青田は清水の突飛《とっぴ》な発想に仰天《ぎょうてん》する。

まさかの爆弾発言だ。

話に参加していなかった高島もパソコンから顔をあげ、渡部は新聞をバサリと閉じた。

「でも手違いで、大事な飼い犬が部屋に戻ってしまった。もう部屋は炎に包まれているかもしれないのに、なんてことになったら、ものすごーく動転するだろ？」

清水の推理に、お宮の間は静まり返る。

「それはもちろん、動転するでしょうけど、でも、堀内さんがそんなことをする理由がないですよ」

柏木の反論に、青田が、そうっすよ、と、賛同した。

「自分の家に火をつけるやつは、たいてい、身内の殺害目的か保険金目当てのどっちかだな」

清水はふーっ、と、白い煙を吐きだす。

「おまえたちはなまじっか堀内さんと面識があるだけに信じたくなってしまうんだろうが、人を疑うのがおれたちの仕事だ。客観的にあらゆる可能性を探ってみろ」

清水の指摘に、柏木はぐうの音も出ない。

「……わかりました。客観的にいってみます」

「よし」

「まず、身内を殺すために火をつけることはありえません。堀内さんは一人暮らしですから」

柏木が言うと、青田もうんうんとうなずいた。

「わずかながらも可能性があるとしたら保険金でしょうか。でも、賃貸住宅なので、保険は家財にしかかけられませんし、たいした額の保険金がおりるとも思えません」

「あっ、もしかしたら、犬猿の仲だった北村さんを殺そうとしたのかもしれないっす」

北村は寝ていたと言っていたし、もし火災報知器が故障していたら逃げ遅れていたかもしれないというのが、青田の推理である。

「でもそれなら、先に火災報知器を切っておくだろう」

「そこまで気が回らなかったんですよ、きっと」

「堀内さん、引っ越したかったのかもしれない」

それまで沈黙を守っていた高島がぽそりと言った。

「どういうことですか?」

「人形から読んだ記憶の中に、引っ越したがっているおばあさんのヴィジョンがあったわ。この団地は暮らしにくい。ペットOKのマンションに引っ越せるといいのに、って、茶色い小型犬にむかってぼやいていた。たぶん堀内さんとチャッピーだと思う」

「引っ越したいから、わざと火事に……? そんな無茶な」

「家財道具が焼けただけでも、百万や二百万は保険金が入るでしょう。贅沢な暮らしは無理だけど、引っ越しの資金としては十分じゃない？」

高島は、淡々とした口調で、とんでもない見解を披露《ひろう》した。

いくらなんでもありえない。

芽衣子にはたしかに自分勝手なところがあるが、そこまで無分別なことをするだろうか。

「夫の気を引くために狂言自殺をはかった河原さんや、息子を恋人にとられたくなくてガス爆発をおこした紀藤さんにくらべれば、自分と犬の身の安全を確保した分だけ、堀内さんのやり方はマイルドじゃないかしら？」

「人形の呪いでやってしまったということですか……？」

「あの人形には、どうも、人間の愛情や孤独感を過剰な執着心に増幅《ぞうふく》する力があるみたい」

「そんな……」

頭がくらくらする。

柏木は灰色のスチールデスクに両腕のひじをつき、両手で頭をささえた。ささえているのか、抱えているのかよくわからないくらい混乱している。

「いくら団地内に消防署があるからって、大火事になる危険だってあるのに……」

「世の中にはうっぷん晴らしのために他人の家や車に放火するヤツだっているんだ。そう不思議なことでもないだろう」

清水は柏木の頭をぽんぽんとたたいた。

「もし……」

もしも本当に芽衣子が、揚げ物鍋を火にかけたまま出かけたとしたならば。

柏木はひきだしをあけ、火災現場検証の報告書をとりだした。パラパラとページをめくる。

「これだ……。下駄箱の上に、革のハンドバッグが置かれていました。中には財布、キャッシュカード、通帳、印鑑、健康保険証などなど。火災保険の証書もあります。これを持って出かけたのだとしたら、失火をよそおった放火の可能性はあるかもしれません……」

「下駄箱の上に、革のハンドバッグなんてなかったっすよ！」

青田がつんつん頭をくしゃくしゃにしながら反論した。

「たぶん、火事の後片づけに来た娘さんが、通帳や印鑑と一緒に持って帰ったんじゃないかな」

「そうかもしれないっすけど、でも、堀内さんがそんなことをするなんて、自分にはとても信じられないっす」

「おれも信じたくはないけど……」

胃がずきずきと痛む。

青田に言った「幽霊の証言と物証が食い違う時は、基本的に物証を信じた方がいい」という言葉がまさか自分にふりかかるとは、皮肉なものだ。

「本人にきいてみるしかないね」

「そうっすね……」

青田はくやしそうにうなずいた。

第七章　それぞれの決着

一

お宮の間での緊急会議の後、柏木と青田は再び赤羽に戻ることになった。幽霊に聞かねばならないことがいろいろある。

気がすすまないが、仕方がない。

ブリックパックの牛乳をストローですすりながら、夕闇につつまれた坂道をのぼる。

「柏木さん、亡くなった人の罪まであばかないといけないなんて、幽霊係ってせつない仕事っすね……」

「まだ堀内さんが放火犯って決まったわけじゃないよ……」

「だといいんですけど……」

細長くのびた影を見ながら、二人は何度目かのため息をついた。

「こんばんは、堀内さん」

柏木は精一杯のつくり笑顔で幽霊に挨拶した。

「チャッピーちゃんが見つかりました。駅のむこうの、真鍋さんというお宅で保護されています。湿疹もほとんど治って、元気そうでしたよ」

（それで、チャッピーは⁉ 連れて来てくれなかったの⁉）

「今日は連れて来られませんでしたが、近日中には必ず再会できるようにします」

（そう、できるだけ早くね！　ああ、あたしがここから動けたら、今すぐにでもとんでいくのに）

いっそ今日、チャッピーから芽衣子に嘘をついた理由を問いただしてもらってはどうかという案もあったのだが、犬が飼い主の気持ちを敏感に察して証言を変えるかもしれない、と、伊集院が反対したのである。

それに、チャッピーに会えた瞬間、芽衣子が満足して、成仏してしまう可能性だってあるのだ。本来、幽霊が成仏するのは喜ばしいことなのだが、今回に限っては困る。

やっとチャッピーに会える、と、喜んでいる芽衣子を前にして、柏木はぎゅっと右手を握りしめた。

「ところで、チャッピーちゃんを連れて来る前に、確認させていただきたいことがあるのですが」

（何でもどうぞ）

幽霊はご機嫌である。

「火事があった日の朝、堀内さんは、チャッピーちゃんをトートバッグにいれて出かけたそうですね」

なるべくさりげない口調で言う。

（えっ？）

「チャッピーちゃんはてっきり病院に連れていかれるんだと思って、必死で逃げだしたって言ったそうです」

（何のこと？　チャッピーが日本語でしゃべったって言うの？）

「うちの職場には、幽霊と話せる刑事だけじゃなくて、犬と話せる刑事もいるんですよ」

（犬と？　そんなばかな）

幽霊は一笑に付そうとした。

「でも、こうして私と幽霊の堀内さんも話せていますよね」

（あたしは生前から日本語を話せましたよ。もしチャッピーと話せたら素敵でしょうけど、ありえないわ）

「頼めば通訳してくれますよ」

（……本当にチャッピーと話せるの⁉）

幽霊は胸の前で両手を組んでうっとりしている。犬と話せるわけがないという常識よりも、愛犬と話してみたいという夢の方が勝ったようだ。

（ああ、どうしましょう。話したいことや聞きたいことがいっぱいあるわ。一体何からチャッピーと話そうかしら）

芽衣子は女子高生のようにはしゃいでいる。

「あの、それで、火事の朝、チャッピーちゃんはトートバッグに入れられて堀内さんと出かけたと言っているそうなのですが」

（チャッピーを、バッグに入れて……？）

幽霊は眉をひそめた。

「トートバッグを持って出かけたからこそ、玄関近くに落ちていたと考えると、すっきりしませんか？」

最初、芽衣子は、トートバッグは押し入れにあるはずだと言った。だが実際に見つかったのは、玄関付近だ。

（でも、それはたぶん、ゴミの日に捨てるつもりで……）

「布製のバッグは燃えるゴミですから、木曜日、つまり、あの火災のあった朝に出せたはずです」

厳密に言うとスナップボタンは金属なので、はずして捨てないといけないらしいのだが。

「チャッピーちゃんが嘘をついているとは思えません。おそらく火災のせいで堀内さんの記憶があいまいになっているのでしょう。ゆっくり思い出してみてください」

幽霊を混乱させたり、興奮させたりしないよう、柏木は慎重に言葉を選んで尋ねる。

(チャッピーの言う通りだとしたら、あたしはどこへ行ったのかしら。たしかにチャッピーを病院に連れて行く時は、いつもあの大きなバッグに入れて行ってたけど、チャッピーと買い物に行ったことは一度もないはず……)

こめかみに手をあて、考え込む。

(全然記憶にないんだけど、あたし、買い物のついでに動物病院に行ったのかしら？)

「チャッピーちゃんのかかりつけの動物病院に確認してみましたが、木曜日はお休みだそうです」

(そうだったわ……じゃあ違うわね)

「そうそう、トートバッグだけではなく、革のハンドバッグも持って出かけられたようです。下駄箱の上にあったハンドバッグ、たぶん戻って来た時に置かれたんでしょうけど、中にお財布、印鑑、銀行通帳、それから保険の証書なんかも入っていたそうです」

(通帳……？　じゃあ銀行に行ったのかしら？)

「チャッピーちゃんとですか？」

（そんなわけないわね……。でもそうなのかしら……？）

「チャッピーちゃんが言うには、ママがベンチで座っていた時に、こっそり逃げだしたのだそうです」

（ベンチ……）

　芽衣子の目がきょときょととせわしなく泳ぎ始める。

（散歩かしら……？）

「なるほど、チャッピーちゃんの散歩ですか」

（よく覚えていないけど、そうなのかも……）

　八月の東京は朝から暑い。犬も人も、散歩をするのは早朝か日没後と相場が決まっている。

　幽霊本人もおかしいと感じているのだろう。ひどく苦しそうな表情になっている。

　頭を抱えてうずくまった。

「堀内さん、大丈夫ですか？」

（……もう……）

「え？」

　幽霊はすくっと立ち上がった。

（あー、もう、イライラするっ！　言いたいことがあるんならさっさと言いなさいよ！

そんなまわりくどい質問じゃわかんないっつーの！）

大声量で怒鳴りつけられ、耳がキーンとする。

なるべく刺激しないように情報を小出しにしたのが逆効果だったらしい。

だがキレたのは、芽衣子一人ではなかった。

「じゃあ、はっきり言ってやるよ！　あんたが火をつけたんだろ‼」

「あ、青田君……！」

二

慌てて青田の口をふさごうとしたが、手遅れだった。幽霊は目を大きく見開き、唇をぎゅっとひき結んで、こちらをにらみつけている。はっきり聞こえてしまったようだ。

（あたしが火をつけた、ですって……⁉）

ああ、こんなはずではなかったのに。すっかり幽霊は激怒している。

どうして青田は、今一番言ってほしくないことを必ず言ってしまうのだろう。間が悪いにもほどがある。

「そうだよ、あんた、二〇二号室のガスコンロの火をつけて、その上に油の入った鍋を置いたんだ！　それで通帳とか大事なものと、犬だけ連れて逃げたんだよ！」

（自分の部屋に火をつけて何の得があるっていうのよ⁉　ばっかじゃない⁉）

「じゃあどうして通帳や保険の証書までハンドバッグに入れてたんだよ！　燃えると困るからじゃないのか⁉」

（うるさいわねっ！　バッグに何を入れようと、あたしの勝手でしょ！）

「堀内さん……青田君……お、落ち着いて……」

柏木は左手で胃をおさえながら二人をなだめようとするが、声の大きさでも迫力でも全然勝てない。

生前、北村との怒鳴りあいがうるさかったという話は何度も聞いたが、なるほど、この声量で怒鳴られたのでは、さぞかし迷惑だったことだろう。コーラス同好会に入っていただけのことはある。

青田は青田で、若く体力があるせいか、やはり声がやたらに大きい。

はーっ、と、柏木が大きなため息をついた時。

（二人ともいいかげんにしなさい！）

真っ白な閃光《せんこう》とともに、凛《りん》とした声が響きわたった。

濃緑色のセーラー服、明るい茶色の髪、幽霊のくせにすらりとのびた脚。及川結花である。

「だ、誰だ⁉」

よほどまぶしいのか、青田は目をおさえながら言った。

（柏木さんの守護天使の及川結花です。お久しぶり）

結花は軽く頭をさげたが、青田には見えなかったに違いない。

「あ、ああ、柏木さんの……」

（青田さん、あなた警察官でしょう？　市民をそんなふうに怒鳴りつけるのって、どうかと思います）

「すみません……」

青田はしょんぼりと肩をおとして謝った。

（それから堀内さん）

（何よ）

まだ気が立っているのか、表情も声もとげとげしい。

（どうせもう幽霊なんだし、刑務所に入れられることもないんだから、思い出したことがあったら正直に話してください。ちゃんと悔い改めないと、天国へ行けませんよ）

（あたし別にキリスト教徒じゃないから）

（あたしも違いますケド）

てへ、と、結花はお茶目な笑みをうかべる。

（でも、このまま一人で秘密を抱えてさすらっているより、しゃべってすっきりした方が良くないですか？　気が楽になりますよ？）

（すっきり……？）

（そうそう、チャッピーちゃんに会う前にすっきりしましょうよ。今ここですっきりしておかないと、この先何十年も、何百年も、一人ぼっちでもんもんとすることになりますよ。あたしたち、時間だけは嫌になるくらいたっぷりありますからね）

先輩幽霊の言葉に、芽衣子の顔色が変わった。自分が地縛霊であることを知らされて約半月。孤独な時間の長さは、十分身にしみているのだろう。

（…………わかったわ）

芽衣子はうなずくと、柏木の方に向き直った。

（ごめんなさい。あたし、刑事さんたちをだますつもりはなかったのよ。ただ、あの朝のことはいろいろ混乱していて……。でも、柏木さんの話を聞いて、だんだん思い出してきた……）

幽霊の唇が震えている。緊張だろうか、興奮だろうか、それとも。

（あたし、油の入った鍋を火にかけてから、チャッピーを連れて外に出たわ）

「目的は引っ越しのための保険金ですか？」

（ええ。この団地では犬が飼いづらかったから、引っ越したかったの。それに……）

幽霊は口ごもった。

(住むところがなくなったら、孫と暮らせるかもしれないって……)

「ああ……」

(娘は長男のところに嫁に行って、むこうの両親に家も建ててもらったの。同居じゃないけど、すぐ目と鼻の先よ。あたしにとっても一人娘なのに、一緒に暮らすどころか、遊びに行くのさえままならなくて。娘もあちらの親に気兼ねして、なかなか東京に帰ってこないし、あたし、寂しくて……。

チャッピーはいつもあたしの寂しい心を慰めてくれたけど、でも、やっぱり孫とも暮らしたい。孫とチャッピーと一緒に暮らせたら、どんなに楽しいだろう、この部屋が焼けてしまえば、きっと娘も、もうお母さんを一人にしておくのは心配だから一緒に暮らそう、って、言ってくれるに違いないって……)

芽衣子は、あんなに気が強くて、口が達者なのに、一番言いたいことを、言いたい相手に伝えられなかったのだ。

(後はチャッピーの言った通りよ。アリバイを作るために買い物をして、ベンチで時間をつぶしてたの。ところがチャッピーがいなくなっていることに気がついて、大慌てで部屋に戻ったわ。あたしの勝手な思いつきのせいでチャッピーに何かあったらどうしよう、って、必死で走った……)

以前も一度、チャッピーは病院から逃げだしたことがあった。その時は二〇二号室のドアの前でうろうろしていたところを、石倉良人が見つけて保護してくれたのだ。だからきっと、今回も戻っているに違いないと思ったのだという。

（後は最初に話した通りよ。ドアをあけたら台所が燃えていたから、チャッピーを助けなきゃ、と、思って、必死で探したの）

「でも、チャッピーちゃんに鉄のドアはあけられませんよね？　どうして二〇二号室の中にチャッピーちゃんが戻っていると思ったんですか？」

絶対に室内にいるという確信がなければ、火の中にとびこんだりはできないはずだ、という、清水の言葉を思いだす。

（そう言われればそうよね……。でも、この部屋のどこかにいるって思ったのよ。どうしてだったかしら）

幽霊は頬に手をあてて、しばらく考え込んだ。

（そうだ、思い出したわ。五十六号棟まで大急ぎで戻ったら、下のポストの前で良人君に会ったのよ）

「石倉良人さんですか？」

（そう。ちょうどスーパーに出勤するところだったみたい。それで、チャッピーがまた逃げ出したんですけど、見かけませんでしたか？ってきいたの。そしたら、石倉さん、にこにこ笑いながら、チャッピーなら階段をうろうろしていたので、お部屋の中に入れておき

ました。北村さんにでも見つかったら大変ですからね、なんて言うのよ)

「石倉さんがチャッピーちゃんを……?」

そんなはずはない。明らかにチャッピーの証言と食い違っている。この期《ご》におよんで、まだ、犬と幽霊の証言が一致しないというのはどういうわけだ。

「でもドアには鍵がかかっていたはずですよね? 石倉さんに合い鍵でも渡してあったんですか?」

(そうだっけ……いえ、違う。あの日はすぐに消防隊が中に入れるように、わざとドアに鍵をかけておかなかったのよ……)

一時的にでもいいから娘のところに身を寄せられたら、というのが目的だったので、全焼させる必要はなく、ボヤで十分だったからだ。

(良人君は、まさか台所で今にも油に引火しそうになっているなんて夢にも思わず、親切でチャッピーを玄関に入れてくれたんでしょうけど……本当に余計な真似《まね》を、って、怒りで目がくらみそうになったわ! あの人のよさそうな笑顔には心底腹が立って、殴ってやりたかったけど、でも、そんなことをしている暇はない、何が何でもチャッピーを助けなきゃって思い直して、燃えはじめた部屋の中を必死で探したわ……。探したけど、煙《けむり》と涙で目がよく見えなくて、喉も痛くて、声も出なくなって……)

苦しかった記憶が蘇《よみがえ》ったのだろう。幽霊は喉をおさえ、咳《せ》きこんだ。

（こういうのを天罰って言うのね。チャッピーとの二人暮らしで満足していればよかったのに、孫とも暮らしたいとか、あの部屋が燃えればとか、馬鹿なことを考えたばっかりに、あたしは何もかも失ってしまったのよ……。せめてチャッピーが生きていてくれてよかった。それだけが救いだわ）

幽霊は自分をさげすむような表情をうかべながら、ぽろぽろと涙をこぼした。

あの人形には人間の愛情や孤独感を過剰な執着心に増幅《ぞうふく》する力があるみたい、という高島の言葉が、柏木の脳裏をよぎる。

堀内芽衣子は、ただ、飼い犬と孫を愛する、少しばかり寂しいおばあさんだっただけなのに。

（刑事さん、あたしを責めていいのよ。そんな愚かな理由で火事を出して、隣近所に燃え広がったらどう責任をとるつもりだったんだ、って。もしあたしが生きていたら、死ぬまで刑務所に入って、罪をつぐなうべきところだわ。どんなひどいことをしでかしたのか、あたし、ちゃんと、わかってるのよ……）

「そんな……」

青田は困り果てた顔でおろおろしている。

「堀内さん……」

柏木は子供のように泣きじゃくる幽霊の背中に手をそえた。すり抜けてしまい、実際にふれることはできないのだが、他にどうしていいのかわからなかったのだ。

あたしが、と、結花が言い、芽衣子の半透明の身体を抱きしめた。

（おばあちゃん、寂しかったんだね……）

白い手でゆっくりと背中をさする。

「堀内さんは罪の代償として、自分の生命を失い、チャッピーとの暮らしも失いました。もう十分、罰は受けておられると思います」

（あ……りがと……）

幽霊は消え入りそうなか細い声で答えた。

階段をおりて五十六号棟の外に出ると、青田は大きく息を吐いた。いつのまにかあたりはすっかり暗くなっている。

「柏木さん、これで良かったんですよね？　堀内さんはすっきりしたんですよね？」

「うん、だと思う」

「幽霊係って、奥が深い仕事っすねぇ……」

宵《よい》の明星がきらめく青紫の空を見上げながら、青田はしみじみとつぶやいた。

だが、柏木にはすっきりしないことがまだ残っている。

石倉は、一体どういうつもりで、チャッピーを部屋の中に入れたなどと芽衣子に嘘をついたのだろうか……？

三

高島は空になったワイングラスをテーブルの上に置いた。

「堀内さんは孫と暮らしたかったんだそうです」

柏木の声が電話から聞こえてくる。いつも以上に疲れはて、そして、心配そうだ。

「人形の影響を受けていないようで、やっぱり受けていたのかもしれません。出火の原因も判明しましたし、なるべく早くその人形をお焚きあげしてもらった方がいいと思うんです」

「そうね……」

出窓に置いた市松人形に目をやる。まだ人形に聞きたいこと、聞かねばならないことは多々あるが、事件が解決した以上、処分に反対することはできない。

「急いで堀内さんの娘さんと連絡をとってみます」

「うん」

「くれぐれも高島さんも気をつけてください」

「あたしの心配をする前に、自分の心配でもしたら？　どうせ今日もまだこれから捜査なんでしょ？」

「……はい」

叱られた犬のようにしょんぼりと耳をたたみ、うなだれた様子が目にうかぶ。きっと左手は胃の上にそえられているにちがいない。

柏木との通話が終わると、高島は市松人形の正面に立った。

「お焚きあげですって。どうする？　あたしを呪いの力で殺して逃げだす？」

もちろん人形は答えない。無表情のままだ。

高島は長い前髪をかき上げ、大きく息を吐いた。

本当は逃げだしたいのは自分の方だ。

妹が何をしたかなんて、知りたくもない。

この部屋に鍵をかけ、ホテルにでも行こうか。一晩くらいなら、職場でだって眠れる。

だが、今知らなければ、一生知る機会をのがしてしまう。これが真実を知る最後のチャンスになるだろう。

高島は奥歯をきつくかみしめると、右手を人形にのばした。

目を閉じ、右手に意識を集中する。

どこかに美帆の記憶が焼きついていないだろうか。激しく流れるヴィジョンの渦を探しもとめる。

いた。おかっぱ頭の少女。

高島は少女のヴィジョンに集中した。

こちら、つまり、人形にむかって、美帆はヘアブラシを使っている。髪をとかしてやっているのだろう。

「桜《さくら》ちゃんは本当にまっすぐできれいな髪をしてるね」

そうだ、妹はこの人形に桜子という名前をつけていた。

「お姉ちゃんもすごく髪が長いんだよ。あたしも髪をのばしたいんだけど、ママにじゃまだからだめって言われた。ずるいよね」

高島が髪をのばしていたのは、伊豆の療養施設に入っていて、切ろうにも切れなかっただけなのだが、それでも妹にはうらやましかったようだ。

「明日はね、土曜日だから、また、みんなでお姉ちゃんのお見舞いに行くんだよ。たまには遊園地とか動物園とかに行きたいってパパに言ったけど、我慢しなさいって怒られちゃった」

妹は不満そうに頰をふくらます。

「パパもママも、お姉ちゃんのことで頭がいっぱいなの。何かって言うと、お姉ちゃんは身体が弱くてかわいそうな子だから、我慢してあげてって言われるの。お姉ちゃんはいいよね。いつもパパとママに大事にされて、ちやほやされてさ。今も、明日お姉ちゃんに持って行ってあげる本とか服とか買いに行ってるんだよ。あたしなんかいっつも本も服もおさがりなのに、嫌になっちゃう。あーあ、あたしだけのパパとママならよかったのに」

妹はヘアブラシを放り投げると、机の上で頬杖《ほおづえ》をついた。

「どうしたらあたしだけのパパとママにできるのかな……」

妹の目の真剣さに高島はたじろぐ。

「うん、そうだね、桜ちゃん。このまえのテレビでやってたやり方でしょ？　あたしもそれしかないと思うんだ」

これ以上このヴィジョンを見続けてもよいのだろうか。

喉を冷たい汗がつたい落ちる。

ほしいものを手に入れて、寂しい心を満たすために、と、人形は言った。

美帆、あなたがほしかったのは、自分だけのパパとママなの……？　あの車の事故は、まさかあなたが……？

「やったと思う？」

突然、美帆が立ち上がった。

「お姉ちゃんはあたしがパパの車に何か細工をしたと思う？」

人形を抱き上げて、にやりと笑う。

なぜ美帆は自分にむかって話しかけているのだろう。これは人形に焼きついた記憶ではなかったのか？

美帆が部屋のドアをあけると、そこは夕闇のたれこめた庭だった。かなかなが鳴いている。

「ここは……」

人形に焼きついた記憶を読んでいるつもりが、インナーワールドにとりこまれていたらしい。

「佳帆ちゃんはすごいね。今までの誰とも違う。ちっともあたしの思い通りにならない」

大人とも子供ともつかない声。話しているのは人形だ。

「あいにくだったわね。あたしはこれまでにも何度も呪いのアイテムに遭遇してるのよ」

「そうじゃないわ。あなたが誰より寂しい人だからよ」

人形の朱色の唇がまがまがしい笑みをつむぐ。

「あなたには、執着心をおぼえるほど愛している対象が一人もいない。自分自身すら大切に思っていない。あなたの心に住んでいるのは死んだ人ばっかり。あなたほど孤独な人ははじめてよ」

人形の黒い髪がするすると のび、高島の頬をふわりとなでる。

「……それで？」

「ずっとあなたを探していた。あたしだけを見てくれる人」

黒い髪が高島の首に、肩に、胸にまきつく。

「永遠にここにいてくれる人を」

なぜだろう、少しも苦しくない。繭《まゆ》にくるまれたかのような、あたたかく柔らかな感触。

「もう寂しいのは嫌だ。佳帆、ずっとここに一緒にいよう」

紘市の声で人形はささやく。

「ここにいれば、いつまでも一緒だ」

「紘市……」

頬を包む大きな手。

「もう寂しくなんかないよ」

背中にまわされた腕に身をゆだねる。あたたかい。うっとりと目を閉じる。このまま心地よい眠りにつくのも悪くない。

「だめです、高島さん、しっかりしてください！」

誰だろう。聞き覚えのある声がする。

「目を開けてください！」

「……うるさいわね、ケンタ」

そうだ、ケンタの声だ。

……なぜケンタがここに？

「大丈夫だよ、佳帆、気にしないで」

紘市の大きな手が両耳をふさぐ。

「起きてください！　まだ事件は終わっていません！　堀内さんの証言におかしな点があったんです！」

ああ、もう。

「何なの、ケンタ。そんな大声出さなくても聞こえるわよ」

目をあけたら、頭上ほんの二十センチほどのところに、心配そうな顔があった。

「よ……よかった……」

柏木は気が抜けたような表情で、床にへたりこむ。

「高島さんが真っ青になって床に倒れていたから、急性アルコール中毒で死にかけているのだとばかり。ワインの空き瓶《びん》が散乱してますし。……でも、やっぱり仕事の話には反応するんですね」

「勝手に人を殺さないでよ」

高島は上半身をおこすと、前髪をかきあげた。いつのまに床に倒れていたのだろう。

柏木は携帯電話でどこかに連絡している。どうやら救急車をキャンセルしているらしく、すみません、大丈夫でした、を、繰り返している。

「ところでどうしてケンタがうちにいるわけ？　捜査じゃなかったの？」

「三谷さんからもらった護符《ごふ》が、ポケットから落ちたんですよ」

「は？」

「いつのまにか背広のポケットに穴があいていたらしいんです。それで不吉な予感がして、高島さんに電話したんですけど、全然出てくれないし。念のため、結花に、高島さんの様子を見てきてくれって頼んだら、床に倒れてるって言うじゃないですか」

「結花って、ケンタに取り憑いている幽霊の及川結花さん？」

「はい。幽霊なので、鍵がかかっている部屋でも入れるんですよ。それで、ここの管理人さんに、高島さんの様子がおかしいから、って、警察の身分証を見せて入れてもらったんです」

「幽霊って便利なのねぇ。結花さんにお礼を言っておいてくれる？　おかげで助かったわ」

「一体何があったんですか？」

「ちょっと人形に取り殺されかかってた」

「えっ⁉」

高島は出窓を見あげた。人形は何もなかったかのように、すまして立っている。

「でももう大丈夫」

「本当に大丈夫ですか？」

「本当よ。あたし、寂しい人じゃないから」

柏木は予想通り、困り顔で首をかしげた。こういう時の表情は本当に犬っぽい。

「……意味がよくわからないんですけど……」

「とにかく大丈夫だから。現場に戻って。どうしてもって言うなら、添《そ》い寝してくれてもいいけど」

「えっ、遠慮させていただきます」

柏木は慌てふためいて、後ずさった。

「とにかく呪いの人形は、回収していきますから」

「どうするつもり?」

「今夜は駅のコインロッカーにでも入れておいて、明日、三谷さんのところに持って行きます」

柏木は数珠《じゅず》のかわりなのか、高島の手首に三谷の護符をくくりつけると、人形をかかえあげた。

「失礼します」

ぺこりと頭をさげて、ぱたぱたと部屋から出て行く。

玄関のあたりで、「何かあったらすぐに知らせてくれ」と言っているのが聞こえる。幽霊を見張り役として置いて行ったのだろう。

あんなに優しくて、よく刑事がつとまるものだ、と、高島は呆《あき》れ顔でため息をつく。

だからこそ幽霊係がつとまるのかもしれないが。

高島は立ち上がると、散乱していると柏木に言われてしまった空き瓶を片づけはじめた。

四

木曜日の夜は、雨模様だった。もう十月も半ばなので、少し寒いくらいだ。

柏木と青田が五十六号棟の入り口で待っていると、十一時すぎにようやく石倉良人が勤《つと》め先のスーパーから帰ってきた。さすがに疲れた顔をしている。

「石倉さん、お尋ねしたいことがあるのですが、少しお時間をいただけませんか?」

柏木が声をかけると、石倉はいつものように愛想のいい笑みをうかべた。

「何かな?」

「火事のあった朝、この場所で堀内さんと会って、立ち話をされてますね?」

「え、何のこと?」

「二人が話しているところを見たという人がいるのですが。覚えておられませんか?」

「あー、そうだったかな?　もう一ヶ月以上前のことだからなぁ」

「逃げだしたチャッピーを見なかったか、と、堀内さんに尋ねられて、石倉さんは、階段にいたから部屋に入れておいた、と、答えたそうですよ」

「ああ……そういえばそんなこともあったかも」

そこまで聞かれているのなら、否定しても仕方がないと判断したのだろう。石倉はあいまいな笑顔でうなずいた。

「でも、二〇二号室の鍵はどうされたんですか？　合い鍵をお持ちだったんですか？」

「いや、鍵はかかってなかったんだよ。堀内さんが出かける時、鍵をかけなかったみたいで」

「それで、チャッピーを二〇二号室に入れた時、台所の様子はどうでしたか？」

石倉は目をしばたたいた。

「いや、チャッピーを入れるために一瞬ドアをあけただけだから、室内の様子なんて見てないよ。とりあえず玄関は普通だったと思うけど」

「台所にまでは入らなかったんですか？」

「うん、入ってないよ」

「では、なぜ、石倉さんの指紋が、豆腐のプラスチック容器から検出されたんでしょうね？」

「……え？」

石倉の顔がほんのわずかにひきつる。

「堀内さんが石倉さんからもらったペット用シャンプーのボトルについていたのと同じ指紋が、豆腐のパックにも残っていたんですよ。豆腐の容器は手袋をしたままでは開けられませんから、はずしたんでしょうね」

「…………」

「揚げ物油しか入っていなかった鍋に、豆腐を入れたのはあなたですか？」

石倉の顔から笑みが消え、むっつりとした表情になった。

「……昨日、紺の作業服を着た警察官が上の部屋を調べ直してた、と、おやじが言ってたな。もしかしてと思ったんだけど、まさかシャンプーのボトルを調べていたとはね」

「火災の直後から、北村さんが放火したという噂が広がっていたため、現場検証の際、いろんなものから指紋を採取してあったんですよ。豆腐の容器、ガスコンロのつまみ、揚げ物用の鍋に、油の容器などなどです」

「ああ、北村さんか……」

「その際、豆腐パックに堀内さんのものでも北村さんのものでもない指紋がいくつかついていることはわかっていたのですが、それは豆腐を購入した店の店員や、豆腐を製造したメーカーの従業員の指紋だろうということで片づけられていました」

最初から北村に容疑がしぼられていたため、石倉はノーマークだったのだ。

「もしかしたら、その豆腐、おれが売ったのかもしれないだろう？　たまに他の売り場のヘルプに入ることだってあるよ」

石倉の苦しい言い訳に、柏木は頭を左右にふる。

「石倉さんがお勧めのスーパーでは扱っていない銘柄《めいがら》の豆腐でした。堀内さんはいつも、団地まで自転車で売りに来る、地元のお豆腐屋さんから買っていたようです」

「まいったな……。どうせすぐに燃えるだろうと思って、堀内さんちのゴミ箱に捨てたのが失敗だったか」

さすがにもう言い逃れは無理だと諦めたのだろう。

「二〇二号室から豆腐の容器が見つからなければ、それはそれで疑問を持ちますよ」

「そうか、なるほど。やっぱりいきあたりばったりじゃだめだね」

石倉はくっくっくっと喉の奥で笑った。

「何笑ってるんだよ！　あんたのせいで堀内さんは死んだんだぞ⁉」

青田にシャツの襟をつかまれても、石倉は振り払おうとしない。

「お互いさまだよ。もしかしたら死んでたのはおれかもしれないんだから」

「どういう意味だよ？」

「火をつけたのは、堀内さんだってことさ。おれは豆腐を入れただけだ」

あの朝、いつにもましてけたたましいチャッピーの鳴き声や足音で、石倉はたたき起こされた。こっちは昨夜も真夜中まで仕事をしていて、くたくたなのに、まったく馬鹿犬め。今までずっと我慢してきたが、もう限界だ。二階へ文句を言いに行こう。

重い頭をかかえて、布団から起き上がった。

上の部屋からガチャガチャと重い音が聞こえてくる。ドアチェーンをはずす音だ。それから鍵をあける音に、鉄のドアをバタンと閉める音。

犬が犬なら、飼い主も飼い主だ。ただでさえ天井が低く、音が響く構造の古い団地なのだから、もう少し静かにドアを閉められないのか。

どうせ鍵をかける時もまた、ガチャンと大きな音をたてるにちがいない。

苦々しい思いで待ち構えていたが、いっこうに鍵をかける音がしない。

出かけるのではなかったのか？

いや、やはり出かけるようだ。コツン、コツンと階段をおりてくる靴音がする。

もしかして、鍵をかけ忘れたのか⁉　堀内芽衣子は、ゴミを出しに行くほんのわずかの間ですら必ず鍵をかけるほど慎重な人間だったはずなのに、ついにもうろくし始めたようだ。

石倉は大急ぎで服を着替えた。

チャンスだ。上の部屋に侵入して、犬を捨ててくるなら今しかない。首輪をはずして遠くに置き去りにしてしまえば、戻ってくることはないだろう。運が悪ければ野犬として捕獲され、処分されるかもしれないが、いつもうるさく騒いでいたあいつが悪いのだ。

キャンキャンほえる声。フローリングのキッチンをかけまわる時の足音。ガシャガシャと物をひっくり返す音。クンクンという夜なきも耳障りだった。

爪を切った方がいいとか、散歩をさせて外でストレスを発散させた方がいいとか、静かにさせるためのアドバイスをいくつかしてみたが、犬好きだと勘違いされただけで、たいした効果をあげることはできなかった。

薬用シャンプーをプレゼントしたのも、身体に湿疹ができると、犬がいらいらして暴れたり吠えたりするのがうるさかったからだ。

本当は犬なんて全然好きじゃない。だが、スーパーに十年以上勤めていると、つい反射的に、誰の顔を見ても愛想笑いをしてしまうし、子供やペットをほめてしまう。それだけだ。

だがそれも今日で終わりだ。

あの犬さえいなくなれば。

仕事に行ってくる、と、父親に言って部屋を出た。補聴器をつけているかもしれないから、念のため足音をしのばせて階段をあがる。

ドアノブをひねって、そっと手前にひっぱる。やはり鍵はかかっていない。

靴を脱いで、奥へすすむ。

「チャッピー？　どこだい？　チャッピー？」

ひとしきり小声でよびかける。だが、犬は出てこない。

そのかわり、何か妙な臭いがする。

ダイニングキッチンの、ガスコンロの火がつけっぱなしになっているではないか。しかも、油の入った鍋が火にかけられている。

何か料理をしていて、火を消しわすれたまま出かけたのか？

それにしては、油の中に、天ぷらも、唐揚げも、ドーナツも、何も入っていないが……。

……わざとか？

揚げ物中の失火を装うために、わざと鍋を火にかけて出かけたのか？　だから犬もいないし、鍵もあけっぱなしなのか？

そういえば、北村のせいですっかり暮らしにくくなったから、どこかペットＯＫのマンションに引っ越したいが金がない、と、このまえこぼしていた。

だから、保険金目当てで、自分の部屋に放火を？

石倉は怒りで目の前が真っ赤になった。

もし下の部屋に火がまわった時、自分が寝ていたら、死んでいたかもしれない。

何てことをするんだ。

だが、よく見ると、ガスコンロの火は弱火、いや、とろ火と言っていいほど弱い。当然油も静かなものだ。この調子では、発火する前に、ガスメーターに消しわすれを検出されて自動停止になるのが関の山だ。

そんなに火事を出したいのなら、出してやる。

この部屋の何もかもが燃えてしまえばいいのだ。

石倉はTシャツのすそをつかんで、コンロのつまみを最大にした。

それから冷蔵庫をあけて、何か適当な物がないか物色する。水分を多く含んだものを揚げている時は、通常よりかなり低い温度で火がつくから気をつけろ、と、総菜売り場にいた時に注意をうけたのを思いだしたのだ。

ちょうど豆腐がある。これがいい。

容器をあけ、揚げ出し豆腐の大きさに切って鍋に放り込む。一瞬片栗粉《かたくりこ》をつけるべきか迷ったが、どうせ何もかも燃えてしまうのだ。そこまで偽装することもないだろう。

期待通り、水分のせいで油はぶくぶくと泡立ち始めた。数分もすれば火がつくはずだ。

興奮に胸を高鳴らせながら、靴をはき、階段をおりる。

するとどうしたことか、血相をかえて芽衣子が走ってくるではないか。やはり放火は中止することにしたのか？

ポストの前で芽衣子を待ち受ける。

「こんにちは。今日も暑いですね」

じきに火の手があがるはずだ。何とか引き止めなくては。

「あ、ええ、本当に」

「お買い物ですか？　それともお散歩かな？」

「ちょっと買い物に出たんですけど……」

芽衣子は、この暑いのに、真っ青な顔をしている。

「あの、うちのチャッピーがまた逃げ出したんですけど、見かけませんでしたか？」

「チャッピーが？　それは大変ですね」

なんだ、放火をやめにしたわけではなく、犬に逃げられたのか。さて、そこの公園で見たと言って追い払うか。それとも足止めのために、いなくなった状況を詳しく話させるか。いや、待てよ。いっそのこと……。

石倉はにっこりと愛想のいい笑みをうかべた。

五

西の空に細い三日月がかかる夜。

柏木はあらためて二〇二号室を訪ねた。

石倉良人が罪を認め、逮捕されたことを話すと、幽霊はひどく驚いたようだった。

(良人君が？　本当に？　子供の頃から知っているけど、本当に優しい子なのよ)

「いろいろ疲れやストレスがたまっていて、発作的にやってしまったようです」

(そう……)

犬の鳴き声や、北村の怒鳴り声がうるさいから引っ越さないか、と、良人は何度も両親に提案した。だが両親の答えはいつも同じだった。三十年近く住んだこの団地には友人も知人もたくさんいる。それに、足腰が弱った肉体《からだ》に荷造りはつらい。だから、引っ越す気にはならない、というものだった。

かと言って、北村と怒鳴り合いをしている芽衣子の様子から、犬を手放すよう頼んでも無駄だというのはわかりきっている。

自分は一人っ子だから、年老いた両親を置いて出て行くこともできなかった。

そこに仕事の疲れやストレスがたまって、もう、限界だったのだ、と、赤羽署の取り調べで語ったそうである。

「彼の証言によると、堀内さんは揚げ物鍋をとろ火にかけていたので、あれで火事になることはなかっただろう、放火犯はまちがいなく自分である、とのことでした」

(そう言ってもらえると少しはほっとするけど……。でも、あたしが良人君をそこまで追いつめたのね。あたしがチャッピーを飼っていたばっかりに……。本当に、彼には悪いこことをしたわ……）

　幽霊は複雑な表情でため息をついた。

（ところで今日は、隣の棟に住んでいる刑事さんは来ないのね）

「いえ、そろそろ来るはずなのですが……」

　柏木が腕時計を確認しようと背広のそでをめくると、階段をあがる軽快な靴音が聞こえてきた。

　ドアがあく音とともに、青田の声がする。

「堀内さん、お待ちかねのチャッピーですよ！」

（本当に⁉）

　幽霊の顔がぱあっと明るくなった。

　青田がケージをおろし、扉をあけると、中からチャッピーがとびだしてくる。キャンキャン吠えながら飼い主にかけよっていく。どうやら幽霊が見えているようだ。嬉しそうに尻尾《しっぽ》をふっている。

（チャッピー、ああ、チャッピー、無事だったのね。良かった。そのエリザベスカラーは病院でつけてもらったの？）

「今チャッピーを預かっている真鍋さんが、病院に連れて行ってくれたそうです」

（そう。病院で暴れたりしなかった？　良い子にしてた？）

幽霊は腰をかがめ、両手でチャッピーの頭をなでようとしたが、半透明な手はふわふわの毛先をすりぬけてしまう。

はっとした表情をうかべ、自分の手の表と裏を確認し、もう一度おずおずとチャッピーの頭に手をのばす。

何度も同じ動作を繰り返し、とうとうあきらめて手をひっこめた。

(……もう、チャッピーにさわれないのね)

飼い主が悲しそうにつぶやくのを、チャッピーはきょとんとした表情で見ている。

「あの、堀内さん。チャッピーちゃんから堀内さんにお話があるそうです」

柏木が声をかけると、幽霊は顔をあげた。

(話?)

「チャッピーちゃんが、ママに謝りたいって言ってるんです」

(謝る……?)

「伊集院さん、お願いします」

柏木によばれ、玄関で待機していた伊集院が部屋に入って来た。今日はえんじ色のベルベットのパンツスーツにリボンタイのついたピンクのブラウスだ。

「こちらに堀内さんがいらっしゃいます」

柏木が手でさし示した方にむかって、伊集院は姿勢を正した。さすがの伊集院も幽霊相手の通訳ははじめてなので、緊張した面持ちである。

「堀内さん、こちらの伊集院さんが先日お話しした、犬と話す能力のある刑事です」

「はじめまして、伊集院です」

伊集院は丁寧に頭をさげた。

（本当に、この人が刑事なの……？）

犬と話す能力よりも、刑事であることを疑われているようだ。幸い、幽霊の不審そうな顔は、伊集院には見えない。

「チャッピーちゃんは火事の時、ママの声が聞こえていたのに、守ってあげられなかったことをとても後悔している、本当にごめんなさい、と、言っています」

チャッピーはキュゥン、と、悲しそうに下をむいた。

（そんなこと……）

幽霊はびっくりした顔で、チャッピーを見た。

（まあ、チャッピー、そんな小さな身体で、あたしを守ってくれるつもりだったの？）

チャッピーは尻尾をふって、ワン、と、答える。

（そう、その気持ちだけで十分よ。ありがとう。でも、子供に守ってもらおうなんて思う親はいないの。だから、もう、気にしないでちょうだい）

幽霊は相好《そうごう》をくずして、小さな犬の鼻先に手をのばした。

「あの……堀内さん」

柏木はためらいがちに切りだす。

「たぶん信じていただけないと思うのですが、実は堀内さんが玄関に飾っていた人形は、呪いの人形だったんです」

（ああ、そういえばそんな話をまえしていたわね。呪いで火事になったとか何とか。え、まさか、本気で言ってたの？）

「ええ、まあ、それなりに……」

（ふーん、呪いねぇ。あたしは何ともなかったわよ）

疑いの眼をむけられて、柏木はぼさぼさの頭をかいた。

「その件に関しては、チャッピーちゃんが人形の呪いから堀内さんを守っていたようだ、って、呪いのアイテム専門の刑事が言っていたんですが……」

全然信じてくれないだろうな、と、柏木は思ったのだが、意外にも、幽霊は大きくうなずいた。

（たしかにチャッピーは、あの人形が大嫌いだったわ！　よく吠えかかってたもの……。そう、あたしを守ってくれてたの……）

「僕は小さくてもおうちを守る番犬だからね、と、チャッピーちゃんは言っています」

（そう。ありがとう、良い子ね、チャッピー……）

幽霊は目を細めた。

(それで、チャッピーはこれからどうなるのかしら?)

「堀内さんの娘さんにご異存がなければ、チャッピーちゃんを預かってくれている真鍋さんにお願いしようと思っています」

(そう、チャッピーはどう思う?)

「今の家には、甘えん坊の娘がいて、僕をもみくちゃにするから困るんだ。でも、僕がいないと寂しがるから、その子のためにいてやらないとだめかも、って言ってます」

伊集院が通訳すると、おかしそうに幽霊は笑った。

(そうなの?)

チャッピーはアン!とうなずく。

(チャッピー、新しいお家でもかわいがってもらうのよ。元気でね)

幽霊が半透明な白い手をのばすと、チャッピーは舌をのばし、なめようとする。

(元気でね……)

小さな頭をなでる半透明の手が、どんどん透明になっていく。脚が、胴が、少しずつ見えなくなっていく。

そして最後には、夜の空気に溶けて消えていった。

六

高く澄んだ秋空の下、ろうろうと三谷のお経が響き渡る。

三谷の知り合いの神社に頼み、お焚きあげをさせてもらえることになったのだ。

芽衣子の娘には、「あのテレビでも活躍中の三谷啓徳が、この人形はよくない物だと言っている」と伝えたところ、二つ返事で同意してくれた。

人形美術館からも買い取りたいという話があったのだが、絶対にまた何か災いをひきおこすに決まっている、と、これまた三谷が強硬に主張し、館長も断念せざるをえなかったのである。

柏木は隣に立つ高島の横顔をちらりと見た。死人のような顔色で床に倒れていた時にくらべると、だいぶ元気になったようだ。自分が人形の記憶を読んでほしいと頼んだせいで、高島が呪い殺されていたらと思うと、ぞっとする。

三谷が支度をしている間に、妹さんの人形ですが、焚いてしまってもいいんですか、と、確認したところ、もう決着したから、と、高島は答えた。

妹の交通事故への関与を知るのが怖くてずっと避けてきたのだが、あらためて事故の記録を確認したところ、父の車には何の問題も指摘されていなかった。当時の妹の年齢を考えれば、車に細工などできるはずもない。

人形の心理作戦に見事ひっかかっていたようだ、と、高島は肩をすくめた。

三谷が人形を炎にくべた瞬間、ぐわっと大きな火柱があがった。

悲鳴のようなものが聞こえた気がする。

人毛が焼ける強烈な臭い。

三谷がさらにお経を唱え続けると、人形が一メートルほど浮きあがった。

全身を炎に包まれたまま、宙に浮いた人形は朱色の唇をつりあげ、けたたましい笑い声をたてる。

高島が柏木の腕をぎゅっとつかんだ。

オレンジ色の火の粉が激しく降りそそぐ。

三谷は大きく錫杖《しゃくじょう》をふりあげ、はーっ、というかけ声とともに気を発する。

しゃらん、と、錫杖が澄んだ音をたてた瞬間、人形だったものは真っ白な灰になり、飛び散った。

何もなかったかのように、炎は力強く燃え続けていた。

その夜、柏木は河原広樹に電話をかけた。

「今日、霊能者の三谷啓徳さんにお願いして、無事に人形のお焚き上げが終わりました」

「ああ、よかった。ずっと気にかかっていたんです。三谷さんなら安心ですね」

河原は心底ほっとしたようだった。

三谷の名前はごく普通の中年男性の間にまで浸透しているらしい。これならば、と、柏木は意を決する。

「あの、それで、奥様の死因ですが、間違いなく事故死だそうです」

「でも……妻は、自分で薬を……」

戸惑ったような声。

「死ぬつもりはまったくなかった。量を誤っただけだ、と」

河原が信じてくれるかどうかはわからないが、とにかく伝えておきたかったのだ。

「そう、ですか……？」

半信半疑のようだった。信じたいが、信じ切れない。苦悩と困惑に満ちた表情が、電話のこちらからも想像できる。

「あと、奥様は、深くご主人を愛しておられました。それはまったく疑う余地がないそうです」

「そう、で……」

受話器のむこうからとぎれとぎれに小さな嗚咽《おえつ》が聞こえてくる。

「奥様は、いつも、ご主人の幸せを願っておられます」

きっとあふれる涙をぬぐうために、鼻やら口やらをおさえながらしゃべっているのだろう。くぐもった、ちいさな声の、ありがとうだった。

「あ……あり……」

終電がいってしまった後の、誰もいない駅のホーム。

近くに公園でもあるのだろうか。大通りを走る車の音に混じって、虫の鳴き声が聞こえてくる。

深夜の駅のホームに人かげはなく、どこからともなく虫の音《ね》が聞こえてくる。

ひんやりした風がゆるやかに吹きぬけていく。

もうすぐ十月も終わりである。

「ここだわ。轢《れき》死体だから、もしいたら一目でわかると思うんだけど……」

高島が立つ場所の周囲に柏木は目をこらした。しばらくすると、白いもやもやが見えてくる。

「あ……若い男性ですよね。います」

柏木が告げると、高島は、苦しいような、戸惑ったような、複雑な表情をうかべた。

「話せるかしら……？」

「試してみますね」

柏木は慎重に声をかけた。

「こんばんは。警視庁の柏木といいます。聞こえますか……?」

(君は、佳帆の同僚?)

「はい。特殊捜査室の後輩です」

(幽霊と話せるのか。すごいな。……佳帆には見えてないよね?)

「はい」

(佳帆と直接話したいんだけど)

柏木は答えをためらった。それはつまり、肉体《からだ》を貸せということだ。

(大丈夫、無茶はしないよ)

幽霊はふわっと笑うと、柏木の返事もきかずに、肉体にすべりこんできた。口調はやわらかだが、強引なところは高島といい勝負である。

「ずっと君に謝りたかったんだ」

先に謝罪の言葉を口にしたのは、柏木にのりうつった幽霊の方だった。

「紘市……?」

「うん。今、柏木さんの肉体を拝借させてもらった。違う声で話すのって、不思議な感じだな」

面白そうに笑う男の前で、高島は口を開こうとするが、声がでない。

紘市は両手で高島の頬をつつんだ。

「ちょっとやせたね」

「そう？」

「うん。前はほっぺたがもっとふかふかしてた。どうせ酒ばっかり飲んでるんだろう」

「紘市だってザルだったじゃない」

震える唇から、なんとか声をしぼりだす。

「そうだね。あげくに酔っぱらってホームから転落死ときたもんだ」

「…………」

高島は言葉が見つからず、目を伏せる。紘市は額と額をそっと重ねた。

「あんなふうに死んでごめん。でも佳帆のせいじゃないから」

「あたしこそ……ひどいこと言ってごめんなさい」

「うん、佳帆は時々ひどいよ」

「ごめんなさい……」

「おわびに今度、うまいワインを一本墓にそなえてくれること。ＯＫ？」

高島はこくりとうなずく。

幽霊は高島の背中に腕をまわし、ぎゅっと抱きしめた。

「僕はもう行くけど、ずっと佳帆の幸せを祈ってるから」

幽霊が高島の耳もとでささやくと、柏木の腕の感覚がふっと戻ってきた。高島につかまれた肩が痛い。

「あの……高島さん……」

柏木が声をだした瞬間、高島の肩が小刻みに震えた。

彼は行ってしまった。もうこの世のどこにもいないのだ。

「ケンタ、あと一分だけ……」

柏木は黙って腕に力を入れた。

きつくかみしめた高島の歯の間から、かすかな嗚咽が漏れる。

虫たちの鳴き声が、静かにホームをつつみこんだ。

青山でもひと際目立つ五角形のビルに、朝の光がきらきらと反射している。その名も三谷ビルという。

結花はいきおいよく外壁をすり抜けると、三谷啓徳の住居フロアにとびこんだ。

(三谷さーん!)

「何だ? 柏木のところのニセ憑依霊か」

新進気鋭の霊能者は、左手にインスタントコーヒー、右手に食パンというシンプルな朝食をとっているところだった。服は部屋着がわりのジンベエで、首の後ろで髪をくくっている。

（どうして柏木さんはあんなに高島さんに弱いのかな！　いくら職場の先輩だからって、気をつかいすぎだと思うのよね。昨夜なんて……）

「さては高島女史に柏木を寝取られたのか？」

（やめてよ！　そんなわけないいじゃない！）

結花はポルターガイストの力でそのへんにちらばっているカップ麺の容器やビールの空き缶を三谷にぶつけようとしたが、あっさり押さえ込まれてしまう。

「まだまだ修行がたりんな」

（うー、くやしー！）

短いスカートのすそをひるがえして、地団駄をふむ。

「幽霊がやきもちをやくのは感心せんな。怨霊への第一歩だぞ」

（やきもちなんて、ほんのちょっぴりしかやいてないもん。だいたい、三谷さんが高島さんをつかまえてくれれば、あたしがはらはらすることもないのに。まえ、柏木さんが仕事でいなくなった後、バーで二人きりになってたよね？　あの後、盛り上がったりしなかったの？）

「あー……うんむ」

三谷は微妙な表情でパンの耳を食いちぎった。

「高島女史はいかんな」

(何が?)

「彼女はザルだ。飲んでも飲んでもペースダウンしない。枠《わく》とよんでもいいくらいだ」

(ああ、部屋にもワインボトルがいっぱいあったよ)

「そうだろうな。いや、女が酒を飲むなとか、そんな頭の固いことを言うつもりはない。だが、高い酒を片っ端から胃袋に流し込むのはいかん」

(へ?)

「高い酒っていうのは、もっとこう、じっくりと味わって飲むべきものなんだ」

三谷は苦い顔でインスタントコーヒーを口にはこぶ。

(つまり、ちびちび?)

「うむ。一滴《いってき》一滴を味わいつくし、五臓六腑《ごぞうろっぷ》にしみ渡らせてこその酒だ。それを高島女史は、水のようにじゃぶじゃぶ流し込んでいくんだ。いくら美女でも、あんな飲み方、おれには耐えられん」

三谷はマグカップをどん、と、テーブルの上に置いた。

(三谷さん、もしかして、おごらされたの?)

結花は大きな目をしばたたく。

「いや、そんなことはできん。破産する」

（おごってもらったの？）

「男子たるもの、そういうわけにもいかんから、ワリカンにした」

男子たるものなんて大上段に振りかざすくらいなら、おごってあげなきゃだめじゃん、と、言いたいところだが、三谷は倹約家《けんやく》であり、かつ、貧乏なのである。

（どうせ高島さん、翌朝には何も覚えてないから、おごってもらっても良かったんじゃないの？）

「そうだったのか……!?」

不覚！とうめき、三谷はみもだえた。

（えーと……と、とにかくがんばってね！）

結花は無責任な応援をすると、窓の外にふわりと逃げだしていった。

十月最後の月曜日。

週に一度、報告のためにお宮の間に顔をだすのももうじき終わりだなぁ、と、思うと、自然と足取りも軽くなる。

牛乳を片手にお宮の間のドアをあけると、なぜか青田が待ち構えていた。

「柏木さん、事件解決、本当にありがとうございました！」

つんつん頭を深々とさげる。

「え、何、もう今日からここの配属になったとか?」

柏木が自分の席に鞄をおろすのを待ちかねたように、青田はさっと何かを柏木に差し出してきた。

「これ、二〇三号室の北村さんからです」

淡いパステルカラーの花びらが舞い散る可憐《かれん》な表紙の本である。

「北村さんが……?」

何だろう、と、不審に思いつつ中を見ると、やたらに余白が多く、文字はほんの少ししか印刷されていない。

「え、これ、詩集?」

「はい。北村さんは、平成の中原中也《なかはらちゅうや》とよばれる詩人だったんですよ」

「ええっ、詩人って、ポエマー? あの北村さんが⁉」

「ここ一ヶ月は執筆がすすまなくて煮詰まっていたから、つい、柏木さんと自分にきつくあたってしまって申し訳なかった、って、この本をくれました」

「へぇ……」

「でも、自分の顔や本名は世間には内緒にしておきたいから、団地の人たちには自称小説家だって思わせておいてほしいそうです」

「はあ……」

あのいつも怒っている印象しかない北村が詩を書いていたというのも驚きだし、そもそも今どきこの日本に、詩人を生業《なりわい》にしている人がいるのか、というのも驚きである。たしかに北村は、かなり特殊な服装とライフスタイルで、赤羽の団地で異彩をはなつ孤高の存在だったが、そうか、詩人だったのか。

だがそれより何より、ついに北村とまで仲良くなったらしい青田のスーパーフレンドリーぶりが最大の驚きだろう。そのうち団地中の住人と親友になってしまいそうな勢いだ。

とりあえず北村の詩集は、特殊捜査室で一番乙女度の高い伊集院に進呈することにしよう。

「でも、幽霊係って、本当にすごい仕事っすよね。堀内さんが成仏していった時なんて、自分はもう、感動の涙で、ほとんど前が見えませんでした」

そう言う今も、青田は目をうるませている。

「青田君もよくがんばったよね」

無事に研修課題もクリアできたことだし、もう青田に幽霊係を譲っても大丈夫だろう。これでやっと自分も普通の刑事に戻れるのかと思うと、感無量である。

「青田君も、ぜひ……」

「刑事人生の最後に、放火殺人なんて大きな事件の犯人逮捕に関われて、本望っす」

青田は涙をふきながら言った。

「……え？」

青田は一体何を言っているのだろう。

「婚約者のお父さんが千葉でやってる自動車の修理工場を手伝うことになったんです。自分は商売には向いてないと思うんですが、お義父さんが絶対大丈夫だって太鼓判《たいこばん》を押してくれまして、今月いっぱいで辞めることになりました」

「あ……あ、そう……。それは、おめでとう」

目の前が真っ白になり、倒れそうになりながらも、柏木はなんとか声をしぼりだした。

そういえば、青田はやたらに犬探しや団地内での聞き込みに時間をさいていた。ちゃんと池袋署の仕事をしているのか心配に思ったものだが、そうか、有給休暇の消化期間に入っていたのか。どうりで……。

「刑事が寿退職って珍しいですね。うらやましいなぁ。でももうブルー刑事ってよべなくなるんが残念です」

「おめでとうございます、末長くお幸せに」

桜井と渡部がにこにこしながら祝辞をのべている。

「ありがとうございます！」

青田は元気よく頭をさげた。

青田に幽霊係をまかせて、自分は普通の刑事に戻れると思ったのに……。そのために、一所懸命がんばったのに……。

「室長がにこにこしながら、協力してあげましょうって言った時点で、何かあるとは思ったんだけど、そういうオチだったとはね」

ヒールの音も高らかにお宮の間に入ってきたのは、高島である。

「えっ、ま、まさか室長、全部知ってて……？」

柏木が窓際の席を見ると、渡部はそ知らぬふりで新聞を読んでいた。

（人生いろいろだよね、柏木さん！）

結花の澄んだ明るい声が、柏木をうちのめす。

「そんなー……！」

どうやらまだ当分の間、幽霊係は卒業できないようである。

番外編　華麗なる一族の事件簿　～伊集院《いじゆういん》家の場合～

「警視庁の最終兵器《リーサル・ウエポン》」の異名をもつ伊集院馨が柏木雅彦に声をかけてきたのは、とある月曜の午後だった。

「柏木ちゃん、江古田《えごた》に住んでいる従妹《いとこ》が、何か事件に巻き込まれたみたいなの。一時間だけでいいから、一緒に話を聞きに行ってもらえないかしら？」

両手を胸の前で組んで、かわいらしく小首をかしげるお願いポーズをされては、否《いな》とは言えない。

たとえその顎《あご》ががっつりわれた大男であったとしても。

「いいですよ、江古田なら練馬からも近いし」

柏木はうっかり、気軽に引き受けてしまったのである。

「馨ちゃんにしか頼めないの。お願い、助けて！　みおりん」

伊集院の携帯電話に、かわいらしい絵文字がいっぱいのメールが届いたのは、昨夜のことだった。

何かあったの？と伊集院が折り返したところ、直接会って相談にのってほしいと頼まれたのだという。

「みおりんっていうのが、伊集院さんの従妹なんですか？」

「名前は伊集院美織《みおり》。今、大学三年だったかしら」

実家は関西なのだが、東京の大学に進学したため、一人暮らしをしているのだという。

美織が住んでいるのは、江古田《えこだ》駅から七、八分のところにたつ、新築のマンションだった。学生の住まいにしてはちょっと贅沢《ぜいたく》な気もするが、伊集院の従妹なのだし、いわゆるお嬢さまなのだろう。ちなみに伊集院の祖父は歌舞伎の名女形《おんながた》で、父は華道家である。

「美織ちゃん、あたしよ。馨よ」

伊集院が声をかけると、ドアが細めに開いた。白い顔がのぞく。

「馨ちゃん……！」

さらさらの黒髪、大きな瞳、つややかな唇、かわいらしく折り曲げられた小指。美人だ。だがその体格はかなり大柄で、しかも筋肉質だ。

伊集院美織はきりりとした眉にハスキーな声の、マッチョな美人女子大生だったのである。

さすがに顎はわれていないが、身長は一七〇以上だろう。腕も柏木より太そうだ。

思わずのど仏がないのを確認してしまった。

伊集院も性別不詳な存在だが、美織も負けてはいない。

「来てくれてありがとう。ずっと怖い思いをしてたの。そちらの人は?」

「あたしの後輩で柏木ちゃん。とっても優秀な刑事なのよ」

「はじめまして、伊集院美織です。みおりんって呼んでくださいね」

み、みおりん……。

柏木は目をしばたたいた。

「あの、どうも、柏木といいます」

ぺこりと頭をさげる。

「美織さんは何かスポーツをしているんですか?」

「レスリングを少々たしなんでいます」

美織は恥ずかしそうに微笑む。

お茶やお花を少々、というのは聞いたことがあるが、レスリングを少々たしなむというのは、初めて耳にする言い回しだ。

いろいろミステリアスなお嬢さんである。

どうぞ、と、部屋に通されると、そこは白い家具にぬいぐるみがいっぱい並べられた、乙女の部屋だった。

さして驚くにはあたらない。なにせ若い女の子で、しかも伊集院の親戚なのだ。なのにこのものすごい違和感はなんだろう。

「クララ、ご挨拶して。馨ちゃんと、柏木さんよ」

美織はぬいぐるみの山から、実物大のチワワを抱き上げた。よくできたぬいぐるみだな、まるで生きているみたいだ。と、思ったら、プルプル震えている。ぬいぐるみのように愛らしい白いチワワだ。

「キューン、クーン？」

伊集院が犬語でクララに話しかけた。おそらく挨拶をしているのだろう。最初クララは大きな瞳をさらに大きく見張り、不思議そうにしていたが、あっというまに警戒心をといて、伊集院がさしだしたてのひらをなめはじめた。

さすが日本でただ一人の犬語を解する刑事である。

「それで、美織ちゃん、何があったの？」

「……毎日いるの」

「え？」

「クララを連れて散歩に行く時、必ず途中でみおりんを待ち伏せている男がいるの。もう気持ち悪くて……！」

美織は胸の前で大きな両手をもみしぼった。

「どんな男なの？」

「えっと、年は五十代かしら。背が高くて、髪を七三にわけて、ダークスーツを着た、一見ちゃんとした会社員っぽいおじさんよ。だけど、いつもねちっこい視線で、みおりんのことをじろじろ見てるの。しかも電柱のかげから！　もう半年以上続いてるのよ、嫌になっちゃう」

「何かされた？」

「ううん、何もしないし、話しかけてもこないわ。いつも黙って、頭のてっぺんから足の爪先までじろじろ見てるだけ。特に足首を見つめてる事が多いかしら。気持ち悪いから、お散歩の時間をずらしたり、行き先をかえたり、いろいろ試してみたのよ。でも、必ずその人はみおりんの前にあらわれるの〜〜」

「それって足首フェチの変態ストーカーかも⁉」

「馨ちゃんもそう思う⁉」

　まったく同じハイテンションで、しかも同じ口調で話す二人に、柏木はあっけにとられた。顔立ちはあまり似ていないが、小指を軽く曲げた仕草はそっくりだ。もしや伊集院一族は全員、乙女系なのだろうか。

　いや、美織は真の女子大生なのだから、乙女系でも何の問題もないのだ。

　どうもこの二人が一緒にいると混乱する。

「もしかして、夏休みに引っ越したのはその男のせいだったの？」

「そうなの！　でも追いかけてきたの！」

「ええっ⁉」

伊集院は眉をひそめた。

引っ越し先まで追いかけてきたとなると、かなりの執着だ。そんなに美織の足首にぞっこんなのだろうか。たしかに、かたくひきしまった感じの、女性にしては珍しい足首ではあるが……。

「もっと遠くへ引っ越すのよ！」

「大学に行けなくなっちゃう」

「それは困ったわね」

「それだけじゃないの。みおりんが大学に行ってる間、家の中にも忍び込んでるみたいなのよ！」

「えっ⁉　警察に相談した方がいいんじゃない？」

「だから馨ちゃんに相談してるんじゃないの！」

「あっ、そっか」

「アオン、クーン！」

二人の会話に割り込んできたのは、クララだった。

「クララが何か見たって言ってるわ！」

「えっ⁉」

しばらくクララと語り合った後、伊集院は日本語に訳してくれた。

「美織ちゃんが大学に行っている間、クララが一人でお留守番をしていたら、待ち伏せ男が窓から入って来たんですって！　美織ちゃん、鍵をかけ忘れてたのね」

美織の部屋は一階なので、素人《しろうと》でも窓からの侵入はたやすい。

「クララが大急ぎでベッドの下に隠れると、男は家捜しをはじめて……」

伊集院は再びクララと話し、確認する。

「クローゼットをあけたり、机の下にもぐったりしたみたいよ。でも目当てのものが見つからなかったのか、何もとらずに出てったんですって」

「やだ、気持ち悪い」

美織は青ざめた唇を両手でおさえた。もちろん小指は軽く曲がっている。

「柏木ちゃん、どう思う？」

「せっかく侵入したのに、何の記念品もとらずに退散したというのは意外ですが……」

普通のストーカーなら下着でも狙うところだが、足首フェチのストーカーとなると、靴下を狙うのだろうか。それとも靴か？

うーむ、謎すぎる。

いまだかつてないタイプのストーカーに、柏木は混乱する頭をかかえた。

「本当に何もなくなっていませんでしたか？」

「たぶん、何もとられていないと思うんですけど……」

「そうですか。でも、クローゼットはともかく、机の下で何を探していたんでしょうね」

柏木は椅子をどけて、机の下にもぐりこんでみた。

特に何もない。

クロスばりの壁にコンセントがあるだけだ。

「まさか……」

柏木ははっとして、コンセントから白い三叉《さんさ》のタップをぬいた。タップに差し込まれている白や黒のプラグも全部ぬいていく。微妙に重い。

「美織さん、工具キットは持ってませんか？」

「えっ、いいえ。どうして？」

「気のせいだといいのですが……」

柏木は携帯電話のメール画面をひらいて、「盗聴器かもしれません」と入力し、美織に見せた。

「イヤッ！」

美織は柏木の手からタップを奪い取ると、フローリングの床にたたきつけ、ガシャッと踏みつけた。

「イヤッ、イヤッ、イヤッ!」

叫び声をあげながら、全体重をかけて、何度もガシャガシャ踏みつける。

すっかりゴキブリ扱いだ。

タップはあっという間にスリッパの下で粉々に砕《くだ》け散った。

「も、もうそのくらいで」

柏木が止めに入った時、タップは見るも無惨な姿と化していた。

これでは指紋の照合も困難である。

ただ、ごちゃごちゃした細かい部品の残骸《ざんがい》がでてきたので、盗聴されていたのは間違いなさそうだ。

「美織さんが散歩の時間をかえても、男が必ず待ち伏せていたというのは、でかける物音を盗聴器で確認していたからでしょう」

「もしかして、まえ住んでたマンションも盗聴されてたのかしら……」

「引っ越し先の住所を電話でご家族やお友達に伝えているのを聞いて、追いかけてきた可能性はありますね」

「どうしよう、馨ちゃん、怖いわ。他にも盗聴器を設置されてないか、警察で調べてもらえる?」

「もちろんよ。……クララちゃん、どうしたの？」

クララが急に顔をしかめ、ウウ、と、うなり声をあげはじめたのである。

「えっ、ニオイがする!?」

伊集院は窓をガッと開け放った。

なるほど、電柱のかげに男が一人ひそんでいる。と言っても、隠れているのは右半身だけで、左半身は電柱からはみだしているのだが。

「そこね！」

伊集院は狙いをさだめ、テレビのリモコンを投げつけた。みごとなコントロールで男の額《ひたい》を直撃する。

「ギャッ」

男は額から血を流しながら、道路をよろよろと走りだした。

「逃がさないわよ！」

美織も床に置いてあった柏木のかばんを投げつけた。

かばんはドゴッと不吉な音をたてて男の後頭部を直撃し、地面に落下する。

「うぐっ」

今度こそ男は地面に倒れ込んだ。あっというまに血の海がひろがる。

……死んでいないといいが……。

そして、かばんの中のノートパソコンは無事だろうか……。

「どいて！」

「え？」

柏木をつきとばし、窓枠を乗り越えると、伊集院と美織は猛ダッシュしていった。

「ストーカー男、確保よっ！」

伊集院が男の手を背後にねじりあげる。

「この変態足首フェチ男め～～！」

美織はブーツのヒールでガンガン男の背中をけりつけた。いつの間にブーツをはいたのだろうか。

「グエッ」

男はえびぞりながら、奇声をあげた。

生きていたか、と、柏木はほっとする。

「伊集院さん、落ち着いてください。美織さんも。まだその男が犯人と決まったわけではありません」

柏木は二人を止めながらも、そっと自分のかばんを確保した。これ以上凶器に使われてはかなわない。

「いいえ、こやつが待ち伏せ男です！　毎日見ている顔ですから間違いありません！」

「クララちゃんも、部屋に侵入してきたのはこの男だって言ってるわ！」

キュウン、と、クララは鳴いた。窓枠に前脚をのせ、室内からこちらをうかがっている。修羅場に遭遇してよほどおそろしかったのだろう。まだ身体をプルプル震わせている。

「う……あの……犬が……？」

待ち伏せ男は、驚愕《きょうがく》の眼差しをクララにむけた。

「そうよ。あたしには犬の言葉がわかるんだから、とぼけても無駄よ」

「そんな馬鹿なこと……」

「信じる信じないはあなたの勝手よ。でも、あなた、お部屋に侵入して盗聴器をしかけていったでしょ？　そのことを教えてくれたのはクララなのよ」

「えっ、なぜそれを⁉　あの時はたしかに誰もいなかったぞ！」

「ベッドの下にクララが隠れていたのには気がつかなかったみたいね」

「そんな……くそっ……だが……」

男は観念したように目を閉じ、頭を地面に叩きつけた。無念でならぬ様子である。

「……私だってわかってたんだ。こんなこと、いつまでも続けてちゃダメだって……。だが、自分で自分の欲望を抑えられなかった……。美しすぎる姿が……声が……私を狂わせたんだ……」

「まあ、そんな……ごめんなさい」

美織は困惑した表情で、右手で頬を押さえた。美しすぎると賞賛《しょうさん》され、さすがに照れているようだ。

「優しいのね、美織ちゃん。でも住居不法侵入までした男を赦すわけにはいかないわ」

伊集院は優しく美織の肩を抱きよせる。

「た、頼む……。最後に一つだけ願いをきいてくれないか……」

「え……何？」

美織はうんざりした表情で尋ねた。だが声に、まんざらでもなさそうな響きがまじっている。

「一度だけでいい。彼女をなでさせてくれ……一分……いや、三十秒でもいい」

「ダメに決まってるでしょ！　図々しい男ねっ」

伊集院が憤然として拒絶した。

「そうか……。じゃあ、せめて伝えてくれないか？　心から愛していたと……彼女だけが私の生きがいだったと……」

「目の前にいるんだから、直接自分で言えばいいじゃない」

「伝わるだろうか……？　自信がないのだが……」

「部屋にまでしのびこんでおいて、今さらしおらしいことを言われても」

「そうだな……」

男は意を決したように顔をあげた。

「雨の日も、風の日も、君にひと目会うことだけが私の生きがいだった」

額から血を流しながら、必死で語りかける。

ストーカー行為などせず、最初からこうやって言葉で伝えればよかったのに。

「そのつぶらな瞳……甘い声……柔らかな毛並み……」

毛並み……？

髪の毛のことか？

いや、待て、まさか。

「愛しているよ、クララちゃん……！」

「えええええっ……!?」

柏木と伊集院と美織は同時に絶叫した。

このいい年したおっさんが毎日待ち伏せ、熱い眼差しをおくっていたのは、美織のひきしまった足首ではなく、愛犬クララだったのである。

盗聴していたのも、もちろんクララの鳴き声だ。

部屋に侵入した時に捜していたのも、クララだろう。どうりで何一つ盗んでいかなかったわけだ。

「そういえば、あたしが大学に行く時とか、クララを連れてない時には待ち伏せてなかったわ！　あたしの前にあらわれるのは、いつもクララと一緒の時だけで……」

「そんなのあたり前だろう。私が愛しているのはクララちゃんだけだ。人間の女になんか興味ない」

「信じられない……変態すぎる……！」

美織は眉をつりあげ、ブーツの底でムギュッと男の頭を踏みつけた。

「さっさと警察に連行しちゃってください！」

「わかりました」

柏木が携帯で野方《のがた》警察署に連絡をとると、ほどなく捜査員たちが男をひきとりにあらわれた。

「ああっ、クララちゃん！　クララちゃ〜ん」

「うるさいっ」

捜査員たちは未練たらたらで叫ぶ男を、パトカーにおし込んだ。

警察署に向かって走り去っていくパトカーの後ろ姿を見ながら、柏木はしみじみとため息をついた。

ミステリアスな一族の、ミステリアスな事件だったなぁ。

柏木は左手で胃の上をそっとおさえる。

それにしても、自分が江古田に来る必要ってあったのだろうか？

伊集院と美織だけで、十分、あの男の身柄を確保できたんじゃ……。

……悲しい結論になりそうだったので、それ以上考えるのはやめにしておいたのであった。

《参考文献》

『家庭内火災を防ぐ―その一　揚げ物調理における食用油の発火（概要）』（国民生活センター）
『北区飛鳥山博物館 平成十五年度秋期企画展　団地ライフ―「桐ヶ丘」「赤羽台」団地の住まいと住まい方―』（北区飛鳥山博物館編集／東京都教育委員会発行）
『僕たちの大好きな団地―あのころ、団地はピカピカに新しかった！』（洋泉社ＭＯＯＫシリーズ／長谷聡、照井啓太、青木俊也、原武史／著）

本書は平成二十一年九月、小社ノン・ノベルから新書判で刊行されたものです。番外編「華麗なる一族の事件簿　～伊集院家の場合～」は書下ろしです。

警視庁幽霊係と人形の呪い

一〇〇字書評

切り取り線

購買動機（新聞、雑誌名を記入するか、あるいは○をつけてください）	
□（　　　　　　　　）の広告を見て	
□（　　　　　　　　）の書評を見て	
□ 知人のすすめで	□ タイトルに惹かれて
□ カバーが良かったから	□ 内容が面白そうだから
□ 好きな作家だから	□ 好きな分野の本だから

・最近、最も感銘を受けた作品名をお書き下さい

・あなたのお好きな作家名をお書き下さい

・その他、ご要望がありましたらお書き下さい

住所	〒				
氏名		職業		年齢	
Eメール	※携帯には配信できません	新刊情報等のメール配信を 希望する・しない			

この本の感想を、編集部までお寄せいただけたらありがたく存じます。今後の企画の参考にさせていただきます。Eメールでも結構です。

いただいた「一〇〇字書評」は、新聞・雑誌等に紹介させていただくことがあります。その場合はお礼として特製図書カードを差し上げます。

前ページの原稿用紙に書評をお書きの上、切り取り、左記までお送り下さい。宛先の住所は不要です。

なお、ご記入いただいたお名前、ご住所等は、書評紹介の事前了解、謝礼のお届けのためだけに利用し、そのほかの目的のために利用することはありません。

〒一〇一－八七〇一
祥伝社文庫編集長　坂口芳和
電話　〇三（三二六五）二〇八〇

祥伝社ホームページの「ブックレビュー」からも、書き込めます。

http://www.shodensha.co.jp/bookreview/

祥伝社文庫

警《けい》視《し》庁《ちよう》幽霊係《ゆうれいがかり》と人形《にんぎよう》の呪《のろ》い

平成27年 2月20日　初版第1刷発行

著　者　天《あま》野《の》頌《しよう》子《こ》

発行者　竹内和芳

発行所　祥伝社《しようでんしや》

東京都千代田区神田神保町3-3
〒101-8701
電話　03（3265）2081（販売部）
電話　03（3265）2080（編集部）
電話　03（3265）3622（業務部）
http://www.shodensha.co.jp/

印刷所　堀内印刷

製本所　ナショナル製本

カバーフォーマットデザイン　芥 陽子

Printed in Japan ©2015, Shōko Amano　ISBN978-4-396-34091-9 C0193

祥伝社文庫　今月の新刊

渡辺裕之　**デスゲーム**　新・傭兵代理店
リベンジャーズ対イスラム国。戦慄のクライシスアクション。

西村京太郎　**九州新幹線マイナス1**
東京、博多、松江。十津川警部を翻弄する重大犯罪の連鎖。

天野頌子《しょうこ》　**警視庁幽霊係と人形の呪《のろ》い**
幽霊の証言から新事実が!? 霊感警部補、事件解明に挑む!

南　英男　**怨恨《えんこん》**　遊軍刑事《デカ》・三上謙《みかみけん》
殺人事件の鍵を握る〝恐喝相続人〟とは？　単独捜査行。

草凪　優　**俺の女課長**
美人女上司に、可愛い同僚。これぞ男の夢の職場だ!

山本一力　**花明かり**　深川駕籠《かご》
作者最愛のシリーズ、第三弾。涙と笑いが迸る痛快青春記!

藤井邦夫　**にわか芝居**　素浪人稼業
「私の兄になってください」武家娘の願いに平八郎、立つ。

聖　龍人　**姫君道中**　本所若さま悪人退治
東海道から四国まで。若さま、天衣無縫の大活躍!